쥐뿔도 없는 회귀

쥐뿔도 없는 회귀 6

목마 퓨전 판타지 장편소설

초판 1쇄 찍은 날 | 2018년 6월 11일
초판 1쇄 펴낸 날 | 2018년 6월 19일

지은이 | 목마
펴낸이 | 예경원

기획 | 위시북스
편집책임 | 이규재
편집 | 이즈플러스

펴낸곳 | 예원북스
등록번호 | 제396-2012-000132호
등록일자 | 2012. 7. 25
KFN | 제1-268호

주소 | 경기도 고양시 일산동구 호수로 646-24 위너스21 II 빌딩 206A호 (우)10401
전화 | 031-819-9431 팩스 | 031-817-9432
E-mail | yewonbooks@naver.com

ISBN 979-11-6098-980-9 04810
979-11-6098-833-8 (set)

※ 이 도서의 국립중앙도서관 출판시도서목록(CIP)은 서지정보유통지원시스템 홈페이지(http://seoji.nl.go.kr)와 국가자료공동목록시스템(http://www.nl.go.kr/kolisnet)에서 이용하실 수 있습니다.

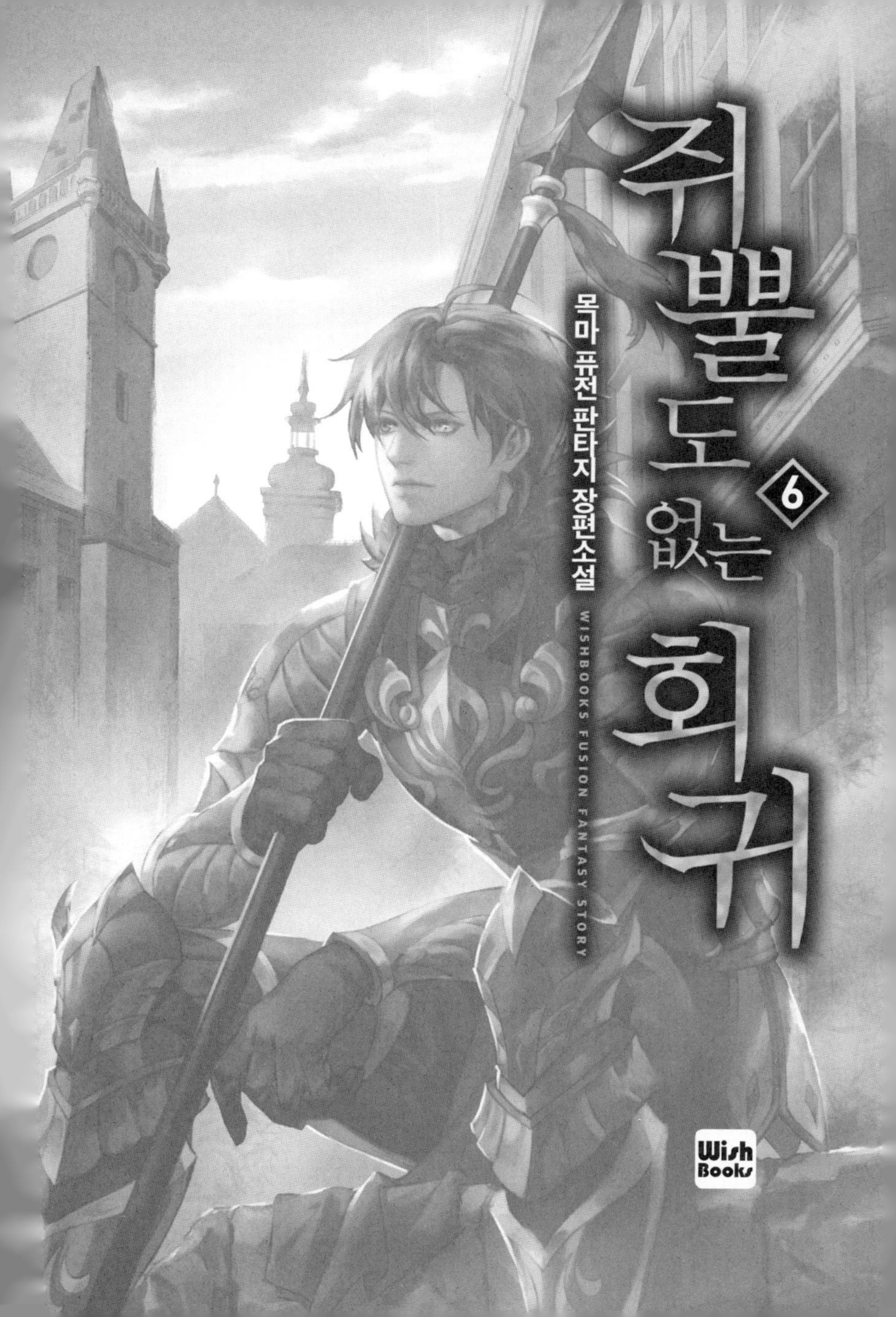
쥐뿔도 없는 회귀
6
목마 퓨전 판타지 장편소설
WISHBOOKS FUSION FANTASY STORY
Wish Books

쥐뿔도 없는 회귀

CONTENTS

1장
뱀파이어 퀸

제니엘라는 술에 취해 잠든 백무선을 가만히 내려 보았다.

본래 초절정 고수는 술에 취하지 않는다. 아무리 술을 들이켜도 취기가 올라오기도 전에 알코올을 분해해 버리기 때문이다.

일부러 취할 수는 있다. 그렇게 취한다고 해도 마음만 먹는다면 언제든지 취기를 몰아낼 수 있는 것이 초절정 고수다.

하지만 지금의 백무선은 무방비였다.

절망에 먹혀 망가져 버린 백무선은, 제 몸의 안위를 무시하고 미치광이처럼 술을 마셔대면서 정신을 완전히 놓아버렸다.

제니엘라는 신경 쓰지 않았다. 지금의 백무선이 무방비라고 하여도 제니엘라는 백무선의 목을 물지 않는다.

제니엘라가 백무선을 유혹하기는 하지만 그렇다고 해서 몸을 섞는 것도 아니다.

제니엘라는 그런 미묘한 줄다리기 관계를 즐기는 것이 좋았다.

아직까지 인간으로서 남고자 하는 백무선이, 절망감에 먹혔다고는 하나 한때 혈천마라 불리며 혈천맹의 정점에 섰던 백무선이 마지막까지 자존심을 세우면서 고고한 행세를 하는 것을 보는 것이 즐거웠다.

그리고 결국 절망에 완전히 물들었을 때, 인간임을 포기하고 시답잖은 고고함을 버리고서 주저앉아 애걸하는 것을 보게 되었을 때. 제니엘라는 최고의 즐거움을 느끼게 될 것이다.

'그리고 질려 버리겠지.'

여태까지 그랬던 것처럼 제니엘라는 풋 하고 웃었다.

목이라면 언제든지 물 수 있다. 하지만 혈족으로 삼기 위해서는, 인간이 흡혈귀가 되기 위해서는 단순히 흡혈귀에게 '물린 것'만으로는 부족하다. 혈족으로 삼고자 흡혈한 로드의 피를 다시 마시면서 맹세해야 한다. 인간이 아니게 될 것을, 흡혈귀가 되어 인간의 피를 마시며 살아갈 것을 맹세해야만 인간이 흡혈귀로 변이한다.

[로드.]

제니엘라의 머릿속에 목소리가 들린다. 그녀가 혈족으로

삼은 많고 많은 흡혈귀 중 하나가 그녀를 부른 것이다.

어차피 잠든 백무선의 얼굴을 보고 있어봤자 재미는 없으니 제니엘라는 백무선의 방을 나왔다.

"뭐야?"

[묘한 놈이 트라비아로 들어왔습니다.]

이게 누구더라…….

제니엘라는 두 눈을 감았다. 그러자 새카만 어둠 앞에 붉은 빛들이 화악 하고 떠올랐다.

암전된 시야에 비치는 붉은빛들은 제니엘라의 혈족에 소속된 권속들이었다.

제니엘라는 그중에서 웅웅거리면서 떨리고 있는 붉은빛 중 하나를 의식했다. 그러자 그 권속에 대한 정보가 제니엘라의 머리에 깃들었다.

"아, 그래. 무카이. 너구나."

제니엘라는 웃으며 머리를 끄덕거렸다. 목소리만 들었을 때는 누구인지도 몰랐지만 이런 식으로 의식하면 바로 누구인지 알게 된다.

분명히 중앙 지구의 성문에서 감시를 맡긴 권속이었다.

"묘한 놈이 트라비아로 들어왔다라. 어떻게 묘한 놈이었지?"

[이 녀석입니다.]

무카이가 보았던 모든 것이 제니엘라에게 전해진다.

이것이 흡혈귀와 라이칸슬로프 같은, 권속을 혈족으로 삼는 인외종들이 갖는 유리함이었다.

혈족에 소속된 권속들은 모두가 혈족의 정점에 있는 로드와 영적으로 연결되어 있다. 로드는 권속으로 삼은 모든 혈족의 생사여탈권을 가지며 언제든지 행동을 통제할 수 있다.

"……아핫."

제니엘라의 얼굴에서 웃음이 피어났다.

무카이가 보여준 얼굴은 제니엘라도 보았던 적이 있는 얼굴이었다.

한 달 전 주원이 보여준 놈의 얼굴이다. 제니엘라는 어깨를 들썩거리며 웃었다.

"슬슬 올 때가 되었다고 생각했어."

제니엘라는 그렇게 중얼거리면서 자신이 본 이성민의 얼굴을 트라비아에 있는 모든 권속에게 보여주었다.

"이 녀석을 찾도록 해."

제니엘라는 웃음 섞인 목소리로 말했다.

"찾아서 나한테 알려. 알았지?"

[예, 로드.]

수백의 목소리가 제니엘라의 머릿속에서 공명되었다.

이성민은 거리를 걸었다.

인외마경의 도시. 트라비아 중앙 지구의 거리는 뭔지 알 수 없는 불쾌한 기색이 떠돌고 있었다. 그것은 '느낀다'라는 표현보다는 본능적으로 꺼림칙한 것이라고 해야 옳을 것이다.

"……기분 나빠."

이성민의 품 안에 몸을 숨긴 루비아가 중얼거렸다.

루비아는 수인은 아니었지만 고양이 귀는 이목을 끌기에 충분하다. 괜한 시비를 피하기 위해 몸을 숨기고 있었지만 이 거리에서 느껴지는 불쾌감은 루비아도 느끼고 있다.

[인외의 농도가 높군.]

허주가 말했다.

[아무리 인외마경의 도시라고는 하여도, 도시 중앙 지구에 이만큼의 인외가 모여 있다니. 남쪽이라면 모를까 북쪽에 말이야…….]

'이유가 있는 것일까? 에레브리사 쪽에는…….'

[에레브리사의 정보라고 해봐야 정보 길드와 정보 상인, 정보 문파의 것을 종합한 것에 지나지 않아. 그들의 정보를 무조건 신뢰하지는 마라. 유통되지 않는 정보는 에레브리사를 통해 구입할 수가 없어.]

허주가 그렇게 조언했다.

[에레브리사는 어디까지나 중개의 역할을 맡고 있을 뿐이다. 물건이라면 몰라도 '정보'는 무조건 신뢰하지 않는 것이 좋아.]

에레브리사를 통해 구입한 트라비아의 정보.

혈천마가 패배하고 혈천맹이 와해되면서 혈천맹이 통제하고 있던 사마외도가 머리를 들었다. 그러면서 온갖 인외종이 유입되어 인외마경이 되었다는 것이 전부다.

[이 많은 인외와 사마외도를 혈천마와 혈천맹이 통제했다고? 으하하! 말이 되는 소리를 해야지. 만약 정말로 혈천마가 그러고 있었던 것이라면 놈이야말로 천하제일인일 것이다. 그런 역량을 가진 놈이 그 소천마란 계집에게 패배했다고? 웃기지도 않는 소리야.]

허주가 큰 소리로 웃으며 떠들었다.

[마(魔)는 마를 끌어들인다. 또 요(妖)는 요를 끌어들이고, 괴(怪)는 괴를 끌어들인다. 비틀어진 놈은 시커먼 구멍을 본다면 들어가고 싶어서 견딜 수가 없는 법이야. 고양이가 상자에 몸을 처박는 것처럼 말이지. 이 도시에는 뭔가가 있다. 뭔가가 있기에 끌려오는 것이다.]

허주가 즐거운 목소리로 말했다.

[이 도시, 뭔지는 모르겠지만 그것이 있어. 인외의 괴물을

끌어들이는 무언가가 말이야.]

그것이 무엇인지는 허주도 정확히 알지 못하는 모양이었다. 이성민도 마찬가지였다.

거리를 걸으면서 주변을 살폈지만 크게 신경 쓰이는 것은 보이지 않았다.

애초에 이성민이 트라비아로 온 것은 어떠한 큰 목적이 있어서가 아니다. 단지 북쪽 중 가장 큰 면적과 가장 많은 이가 존재하는 도시에 있으면서 언젠가 올 귀인과의 만남을 기다리기 위해서다.

그러니 트라비아에는 긴 시간 동안 체류해야만 했다. 수중에 돈은 넉넉하게 가지고 있기는 했지만 장기적으로 체류하면서 무슨 일이 벌어질지 모르기 때문에 호사스러운 곳에 묵을 생각은 없었다.

"노숙만 아니라면야!"

여관에 간다는 것을 말하자 루비아가 기운찬 목소리로 말했다.

이성민이야 크게 상관은 없었지만 루비아는 그간 해온 장기적인 노숙에 굉장히 불만이 많았다.

이성민은 겉으로 보기에는 큰 특징이 없는 여관으로 들어갔다.

문을 열었을 때, 이성민은 겉모습이라는 것이 얼마나 의미가 없는 것인지 깨달았다.

이성민이 가장 먼저 본 것은 시체'들'이었다. 여관 구석에 처박힌 시체들은 인테리어처럼 아무런 위화감 없이 그곳에 있었다.

1층의 주점에서 떠드는 이 중 누구 하나 그 시체를 신경 쓰지 않았다.

루비아는 시체를 본 것에 놀라 침묵했지만 이성민도 그 시체에 크게 신경 쓰지는 않았다.

"뭘 주문할 거요?"

여관 주인은 우락부락한 근육의 사내였다. 이성민은 그가 외공을 익힌 고수임을 한눈에 알아보았다.

이성민은 바의 빈자리에 앉아 입을 열었다.

"가볍게 먹을 식사. 그리고 방을 구하고 싶은데."

"며칠이나 묵을 생각이시오?"

"예정은 없습니다."

"장기 투숙객은 환영이지. 방값은 일당으로 쳐서 선불이요. 이 도시에서는 언제 죽을지 모르니까."

"저 구석에 처박힌 시체들처럼?"

"저런! 봐버렸나? 뭐 너무 신경은 쓰지 마시오. 지금의 이

도시에서는 흔한 일이야."

여관 주인은 그렇게 말하면서 낄낄 웃었다.

"가벼운 시빗거리에도 살인이 벌어지는 곳이 지금의 트라비아요. 저기 죽은 놈들은…… 뭐였더라. 무림맹의 뭐시기들이라고 했는데. 크크! 다른 도시라면 모를까, 이 도시에서 무림맹의 이름은 등을 받쳐 주지 못해."

"하지만 건드린다면 골치 아파질 텐데."

누가 뭐라 한들 무림맹은 이곳 에리아에 존재하는 최대의 정파 세력이다.

구파일방을 포함한 대부분의 정파 문파들이 무림맹에 소속되어 있다. 무림맹에 소속된 자를 건드린다는 것은 무림맹을 적으로 돌린다는 것과 똑같은 말이다.

"나는 아무것도 못 봤수."

여관 주인이 누런 이를 드러내며 웃었다.

"모두가 그렇지. 우리는 죄다 눈멀고 귀먹고 말 못하는 병신들이거든. 저기 저…… 무림맹의 뭐시깽이들이 죽기는 했는데, 저놈들이 왜 죽은지는 모르겠다는 말이지."

여관 주인은 낄낄 웃으면서 몸을 돌려 주방으로 들어갔다.

이 도시는 그런 곳이다. 도대체 이 도시에 무엇이 있기에 대도시 트라비아가 이렇게까지 비틀어져 버린 것일까.

문이 열린다.

시간이 멈췄다.

순간 만들어진 정적 속에서 또각거리는 발소리만이 울린다. 여자의 존재는 순식간에 공간을 압도했다.

이성민은 등 뒤에서 느껴지는 불길함에 흠칫 어깨를 떨었다. 그것은 오직 이성민에게만 집중된 시선이 전한 불길함이었고, 존재만으로 전한 압도감은 아무 일도 없었다는 것처럼 사라져 버렸다.

"와우!"

"아가씨, 얼마야?!"

1층의 망나니들이 환호하며 떠든다.

그 시점에서 이성민은 뒤를 돌아볼 것인지 말 것인지 갈등하고 있었다.

발소리가 가까워진다.

돌아보지 않는다고 해도…… 결국 저쪽에서 와버릴 것이다.

이성민은 크게 숨을 삼키면서 뒤를 돌아보았다.

"시끄럽게."

이성민이 뒤를 보았을 때, 이성민을 제외한 여관의 모든 이의 머리가 돌아갔다.

한 바퀴 빙글 돌아간 머리가 힘없이 떨어지고 떠드는 사람은 아무도 없게 되었다.

대체 무슨 수를 쓴 거지?

이성민은 아무런 말도 할 수가 없었다.

다르다.

이런 말도 안 되는 느낌을 전해주는 상대를 만나본 경험은 없다.

여자는 앞으로 걷기만 할 뿐 그 외의 움직임은 보이지 않았다. 그것만으로 여관에 있는 수십 명의 목을 꺾어버렸다.

"여기는 너무 지저분한 곳이야."

여자가 이성민을 향해 다가오면서 입꼬리를 올린다.

그녀는 아름다웠다. 피처럼 붉은 머리카락도, 그것을 틀어 올려 고정하고 있는 비녀와 몸에 걸치고 있는 화려한 기모노도 아름답기는 했지만, 그 모든 것은 여자가 가진 본연의 아름다움을 압도하지 못하고 있었다.

"너만 괜찮다면…… 이런 곳과는 비교가 안 될 정도로 훌륭하고 아름다운 곳으로 안내해 줄 수 있는데."

여자가 머리를 옆으로 기울이면서 이를 드러내며 웃었다. 날카로운 송곳니를 보고서 이성민은 마른침을 꿀꺽 삼켰다.

"어때? 같이 식사라도 할까?"

뱀파이어 퀸, 혈혹의 제니엘라. 그녀는 이성민을 향해 고혹적인 시선을 보내며 그렇게 권유했다.

그 말을 듣고 있는 이성민의 머리는 하얗게 물들어 있었다.

이런 괴물이 세상에 존재한단 말인가.

이성민은 '진짜' 위지호연이 보이는 전력을 본 적은 없었으나, 맞닥뜨린 것만으로도 전하는 위압감만 본다면 제니엘라는 위지호연 이상이었다.

[정신 차려라.]

이성민의 머릿속에서 천둥이 쳤다. 허주의 목소리였다.

[제니엘라는 600년 이상 살아온 흡혈귀의 여왕이다. 이 세상에서 제니엘라 이상 가는 힘을 가진 흡혈귀는 존재하지 않는다.]

허주의 목소리가 빨라졌다. 그도 설마 이렇게 갑작스레 제니엘라와 맞닥뜨리게 될 것이라고는 상상하지 못했었다.

[최상위 종의 흡혈귀는 존재만으로 먹잇감을 압도한다. 개구리가 뱀을 보면 얼어붙어 버리는 것처럼 말이야. 정신을 잡아라. 자칫하다가는 네놈의 뇌와 무의식이 공포를 이겨내지 못하고 자살을 택해버릴지도 모르니까!]

"……괜찮아."

허주의 외침에 이성민은 호흡을 고르면서 대답했다.

조금 놀랐을 뿐이다. 이성민의 정신은 일반적인 인간의 정신과는 다르다.

600년을 살아온 흡혈귀의 여왕이라고?

이성민은 정신세계에서만 2100년을 보냈다. 이미 몇 번이나 미쳐서 망가지고 수복되어 온 이성민의 정신은 제니엘라가 정면으로 쏘아내는 위협에 저항하는 것에 성공했다.

"어머나."

그런 이성민을 보면서 제니엘라는 빙긋 웃었다.

"확실히 평범하지는 않네에……. 얌전히 대답한다면 좋았을 텐데 말이야."

"……이미 식사를 주문했는데."

"이런 곳에서 내오는 음식이라고 해봐야 돼지 밥 수준이야."

"그건 먹어보고서 판단하죠."

"말귀를 못 알아듣는구나."

제니엘라의 웃음이 진해진다. 올라간 입꼬리만큼 제니엘라의 이가 드러난다. 존재만으로 위협을 전하는 송곳니.

제니엘라는 입을 벌리며 말을 덧붙였다.

"안 갈 거야?"

"……어쩔 수 없군."

이성민은 한숨을 쉬면서 몸을 일으켰다.

"갑시다."

우울한 표정을 지으며 그렇게 말할 수밖에 없었다.

"잘 선택했어."

제니엘라는 이성민의 표정을 보며 말했다.

그 후에 제니엘라는 눈동자를 굴려 이성민이 입고 있는 마갑과 걸친 로브의 안쪽을 보았다.

"재밌는 것들을 들고 다니고 있네에. 하나는 사역마…… 인가? 아니, 일반적인 사역마와는 느낌이 조금 다른데."

"으으……."

제니엘라의 시선이 닿자 루비아가 몸을 떨었다. 그녀는 구체화를 유지하지 못하고 이성민의 로브 바깥으로 뛰쳐나왔다. 바닥에 주저앉은 루비아는 식은땀을 뻘뻘 흘리면서 숨을 헐떡거렸다.

"고양이 귀……. 아인은 아니네. 하지만 인간도 아니야. 묘한 녀석이구나."

제니엘라의 눈동자가 번뜩거린다. 그것은 뱀파이어 퀸인 제니엘라가 가지고 있는 다양한 종류의 마안 중 하나로, 상대의 존재를 꿰뚫어 보는 능력을 가진 직시(直視)의 마안이다.

존재 자체가 간파되는 감각에 루비아는 전신에 소름이 돋는 것 같아 몸을 떨었다.

"인간의 육체를 기본으로 삼았지만 혼은 인간의 것이 아니야. 뼈가 있고, 장기가 있고, 피가 있지만 모두가 자기만족 수준이군. 누구를 위한 만족인 것일까? 너를 만든 창조주? 아니면 너 자신을 위한? 잘 만들어진 인형…… 아니, 인공 정령이로군. 신진대사는 있는 모양이지만 그렇다고 해서 그것에 구애되지는 않아. 그런 너를 생명이라고 해야 할까?"

"그…… 그만……."

"간파되는 것이 불쾌해? 누구나 그럴 거야. 이 마안은 모든 것을 보고 마니까."

제니엘라가 짓궂은 웃음을 터뜨렸다. 그녀는 눈을 돌려 이성민을 보았다. 정확히 말하자면 이성민이 입고 있는 마갑을 보았다.

"허주, 남쪽의 악몽이라는 당신도 정말 추하게 몰락하셨군. 아니…… 그런 식으로나마 목숨을 부지하게 된 것을 축하해야 하나?"

[으하하하!]

제니엘라의 소곤거림에 허주가 웃음을 터뜨렸다. 이성민이 입은 갑옷에서 허주의 요력이 솟구친다.

[자그맣던 계집이 머리가 굵어졌군. 이래서 안 되는 거야……. 꼬맹이는 교육을 잘 시켜야 해. 어린 시절부터 말이야. 그래야 예의가 제대로 박히는 것인데…….]

"그래서? 지금이라도 나를 교육시키겠다고?"

제니엘라의 웃음이 진해진다. 직시의 마안을 통해 제니엘라는 허주의 처지를 꿰뚫어 보았다.

"육체와 혼이 완전히 떨어졌군. 그런 주제에 혼이 워낙 강렬하여 존재를 유지하고 있는 것일까? 이례적인 경우라는 것은 인정할게. 하지만 전성기의 당신과 비교하자면 한참 부족해…….”

제니엘라가 하는 말은 사실이었다. 전성기의 허주라면 몰라도, 육체를 잃고 혼과 요력만이 남은 허주의 힘은 제니엘라를 위협할 수가 없었다.

그것은 당연한 일이었다. 제니엘라는 에리아라는 땅에 존재하는 흡혈종의 정점이었고, 프레데터 내에서도 손에 꼽히는 강함을 가진 괴물 중의 괴물이었다.

한때 광랑이라고 불렸던 귀랑문의 문주, 웨어울프 주원조차도 제니엘라와 비교한다면 몇 수 밀릴 정도였다.

“그리고 너는…….”

직시의 마안이 이성민에게 향한다.

“……너는…….”

제니엘라의 입이 빼끔거린다. 조금의 침묵 끝에 제니엘라는 머리를 갸웃거렸다. 그러고는 두 눈을 손으로 부비고서 다시 이성민을 보았다.

“너는?”

제니엘라의 목소리에 처음으로 당황이 어렸다. 그것은 그리 크지 않았지만 제니엘라가 드러낸 동요의 증거였다.

제니엘라는 눈가를 다시 한번 비비고서 이성민을 보았다. 하지만 ‘보이지 않는 것’은 똑같았다.

“이상하네에…….”

제니엘라의 손가락이 세워졌다.

"왜 안 보이지?"

푸욱.

길게 세운 손가락 두 개가 제니엘라의 눈을 꿰뚫는다. 그녀는 손가락을 빙글 돌려 시신경을 끊어내고 눈동자를 뽑아냈다. 그러더니 입을 벌려 자신이 뽑은 한 쌍의 눈동자를 집어삼켰다.

씹지 않고 삼킨 즉시 제니엘라의 두 눈이 다시 만들어졌다.

그녀는 새로이 만들어낸 직시의 마안으로 이성민을 보았다.

[이 녀석은 묘한 놈이야.]

허주가 웃으면서 말했다.

[네가 가진 직시의 마안으로도 꿰뚫어 볼 수 없다…… 후후! 즐겁지 않나?]

"……확실히."

제니엘라는 우물거리던 것을 퉤 하고 뱉었다. 눈동자에서 딸려 나온 시신경의 줄기였다.

그녀는 자신이 내뱉은 것을 물끄러미 내려다보다가 다시 이성민을 향해 시선을 들었다.

"실례. 보기 좋지 않은 모습을 보여드렸군요."

제니엘라의 말투가 바뀌었다.

"강압적으로 나설 생각은 없어요. 하지만 진심으로 권유하고 싶군요. 이런 쓰레기 같은 곳에서 삐걱거리는 복도를 걷고 바퀴벌레와 쥐새끼가 나오는 방 안에서 곰팡내 나는 침대에서 자고…….”

제니엘라의 말이 빨라진다. 그녀는 숨조차 쉬지 않고 말을 내뱉었다.

“먹다 남은 음식 재료들로 음식을 만들고, 또 그것이 먹다 남아 음식이 되고 그것이 반복되어 돼지 새끼도 안 처먹을 끔찍한 음식을 먹으면서 버러지 기생충과 같은 먹잇감들의 떠드는 소리를 들으며 하루를 보내는 것보다는.”

제니엘라의 말이 멈춘다. 그녀는 호흡 한 점 흐트러짐 없이 하고 싶은 말을 모두 뱉고 나서 이성민을 향해 웃어 보였다.

“저와 함께 가시는 편이 좋지 않을까요?”

속내를 알 수가 없다.

이성민은 제니엘라와 마주친 순간부터 계속해서 위화감을 느끼고 있었다. 전생에서는 존재하지 않았던 만남. 그런 것이라면 여태까지 수없이 존재했다. 제니엘라가 발하고 있는 위화감은 그런 종류의 것이 아니었다. 뭔지 알 수 없어 꺼림칙하면서도 밀어내고 싶지 않은.

“……좋습니다.”

이성민은 루비아를 부축해 세우고서 머리를 끄덕거렸다. 어쩌면 제니엘라가 북쪽에서 만나게 될 귀인일지도 모른다는 생각을 품고서.

[아니야.]

그런 이성민의 정신을 환기시킨 것은 허주의 목소리였다. 허주는 더 이상 요력을 발화하지 않고서 마갑 안에 얌전히 힘을 감추고 있었다.

제니엘라를 따라 밖으로 나왔을 때, 허름한 여관 앞에 있을 것이라고는 도저히 생각할 수 없을 정도의 화려한 마차가 보였다.

제니엘라가 다가가자 마차의 문이 열렸고, 제니엘라는 먼저 타지 않고서 이성민을 향해 권했다.

"오르시죠."

이성민은 대답하지 않고서 루비아와 함께 마차를 탔다. 둘을 태우고 나서야 제니엘라는 마차에 올라 이성민의 맞은편에 앉았다.

[네가 느끼는 감정은 상위종의 흡혈귀가 가진 '매혹'이다. 흡혈귀의 먹잇감은 인간이다. 흡혈귀라고 해서 무조건 힘으로 찍어 눌러 먹잇감을 사냥하는 것은 아니야. 친밀하게 다가가서…… 조용히, 아무런 소란 없이 목에 송곳니를 박아 넣는 것이 흡혈귀의 주된 사냥법이지. 매혹은 흡혈귀가 가진 편리한 사냥 도구다.]

정신을 집중하고 의식을 세운다. 흐리멍덩해졌던 정신에

날이 선다. 그러자 제니엘라에게서 풍기던 기묘한 위화감이 희미하게 변하여 사라진다.

이성민은 두 눈을 빛내며 제니엘라를 노려보았다.

그런 이성민의 시선을 보면서 제니엘라는 쿡쿡 웃음을 흘렸다.

"확실히 특이하군요."

제니엘라는 그렇게 말하며 머리에 꽂고 있던 비녀를 뽑았다. 풍성한 붉은 머리카락이 파도치며 아래로 쏟아졌다.

"보통은 알아차려도 바로 벗어날 수가 없어요. 흡혈귀의 매혹은 무의식에 거는 암시와 같으니까. 하지만…… 당신의 정신력은 특별하군요. 보통 인간이라고는 생각할 수 없을 정도로."

마차가 움직이기 시작했다.

"왜 나에게 접근한 겁니까?"

"허주와 붙어 있는 인간이라는 것도 궁금하기는 했지만, 그것을 제외하고서도 나는 당신에게 개인적인 볼일이 있었어요."

제니엘라는 그렇게 말하면서 머리를 기울였다.

"검귀."

상상하지도 못했던 의외의 이름이 제니엘라의 입에서 나왔다.

"제법 마음에 들었던 아이였죠. 손에 넣기 전까지는 말이에요. 아주 끈질기고…… 열정적이고…… 그러면서도 절망하고, 포기하려 하지 않고. 분에 넘치는 것을 바라였지만요…… 후후! 그래서 마음에 들었어요. 나는 그런 이들을 좋아하거든요."

혈천마를 좋아하는 것처럼.

"많이 챙겨주지는 못했지만…… 아, 알아요? '로드'에게 있어서 혈족에 속한 권속은 자식과 같은 개념이에요. 그러니까…… 검귀는 내 자식이었어요. 몇 년 전에 거둔 나의 막내 아이."

제니엘라의 목소리는 낮다.

이성민은 그 말을 얌전히 들었다. 제니엘라가 하는 말의 의미는 분명했다.

검귀를 흡혈귀로 만든 장본인은 제니엘라다.

"그렇군."

그것이 무슨 상관이란 말인가.

흡혈귀가 되는 것을 선택한 것은 검귀다. 전생에도 검귀는 흡혈귀가 되었을 것이다.

비록 전생에서 흡혈귀가 된 검귀를 죽인 것이 이성민이 아닌 위지호연이었다고는 해도, 검귀가 흡혈귀의 길을 택했다는 것은 어떤 상황에서도 바뀌지 않는다.

검귀를 흡혈귀로 만들었다고 해서 이성민이 제니엘라에게 모종의 감정을 품을 이유는 되지 않는다.

하지만 제니엘라는 다르다.

"내가 검귀를 죽여서, 나에게 그 책임을 묻고 싶은 겁니까?"

"조금은 그러고 싶었어요."

제니엘라는 거짓말을 하지 않았다. 그녀는 화사한 미소를 지으며 솔직하게 답했다.

"하지만 지금은 아니에요. 장난감이야 뭐…… 망가질 수도 있는 법 아니겠어요? 어쩔 수 없는 일이었어요. 그렇게 생각하도록 하죠."

제니엘라는 그렇게 말하면서 이성민의 얼굴을 들여다보았다.

"……당신, 흡혈귀가 될 생각은 없나요?"

이것은 무척이나 이례적인 경우였다.

제니엘라는 무수히 많은 권속을 가지고 있지만, 그렇다고 해서 제니엘라가 무분별하게 권속을 늘려온 것은 아니다. 혈족의 정점에 있는 로드에게 있어서 권속을 늘린다는 것은 그만큼 본신의 힘이 분산된다는 것을 뜻하기 때문이다.

물론 그렇게 흩어놓은 힘은 권속이 흡혈귀로서의 힘을 쌓으면서 그 일부가 로드에게 전해지지만, 권속에게 나누어 준 '피'의 부재는 권속의 수가 늘어남에 따라 치명적인 공백을 만들어낸다.

그렇기에 권속을 만들고 혈족을 꾸릴 능력을 가진, 순수한 피를 가진 흡혈귀들은 신중히 권속을 선택한다. 잃는 것보다 얻는 것을 많게 해줄 권속으로.

그것은 제니엘라도 마찬가지였다.

하지만 제니엘라가 보는 것은 능력도 능력이었지만, 그녀의 시커먼 즐거움을 충족시켜 주는 것이 무엇보다 우선되는 조건이었다. 검귀와 혈천마처럼.

"당신이 원한다면 흡혈귀로 만들어줄게요. 어려운 일은 아니니까…… 네에? 흡혈귀는 지금 바로 될 수 있다고요. 뱀파이어 퀸인 나 혈혹의 제니엘라의 권속이 되는 거예요. 어때요?"

제니엘라가 소곤거리며 재촉했다. 제니엘라는 지금의 이성민에게 진한 흥미를 느끼고 있었다. 이것은 이례적인 감정이라고, 제니엘라는 자기 스스로 결론을 지었다.

검귀는 늙어가는 육체에 절망했다. 스스로 극복하고자 했으나 그는 결국 인간인 상태로 극복하지 못했고, 시간을 얻기 위해 인간이 아니게 되는 것을 선택했다.

혈천마도 크게 다르지는 않다. 그는 팔이 잘린 사실과 압도적인 패배에 절망하였고 망가져 가고 있다. 머지않아 혈천마도 흡혈귀를 선택할 것이다.

반면에 이성민은 어떤가.

제니엘라가 보기에는 이성민은 기묘했다.

나이에 걸맞지 않은 무공은 중요하지 않다. 이 말도 안 되는 세상에는 부조리적인 재능을 가진 천재가 즐비하여, 젊은 나이에도 수십 년 수행한 무인이나 마법사를 뛰어넘는 괴물이 드물지 않다.

그것은 제니엘라가 살아온 600년 동안 언제나 반복되어 왔다.

가진 힘에 끌린 것이 아니다. 그렇다면 무엇에 이끌렸나.

제니엘라는 이성민을 모른다. 이성민이 어떤 삶을 살아왔는지 모른다.

직시의 마안으로 꿰뚫어 보지 못하는 점?

그래, 그거도 제법 흥미가 일기는 한다. 하지만 권속으로 삼고 싶다는 마음이 드는 이유는.

'위태로워.'

제니엘라는 이성민의 눈을 보았다.

나이에 맞지 않는 눈. 제니엘라로서도 짐작할 수 없을 정도로 기나긴 무언가가 쌓여온 눈.

제니엘라는 그 눈에 이끌렸다. 동시에 그 안에 존재하는 위태로움에도.

계기만 생긴다면 산산이 조각나 박살 나버릴 것 같은 위태로움이 제니엘라의 마음을 동하게 만들고 있었다.

"거절하겠습니다."

이성민이 대답했다. 생각할 가치도 없는 질문이었다. 이성민은 인외가 될 생각도 없었거니와, 제니엘라에게 통제될 수밖에 없는 흡혈귀가 되고 싶은 마음도 없었다.

정 인외가 되고자 한다면 이성민에게는 다른 방법도 있다. 허주가 제안했던 것처럼 요괴가 되는 방법이.

"그래요?"

제니엘라는 이성민의 대답을 듣고서 빙그레 웃었다.

"그렇다면 어쩔 수 없죠."

제니엘라는 더 이상 이성민에게 권유하지 않았다. 여기서 바로 받아들였다면 오히려 실망했을 것이다.

제니엘라는 이성민이 거절해 준 것에 깊은 만족감을 느꼈다.

'계속해서 거절해.'

제니엘라는 몸 안쪽이 달아오르는 것을 느끼며 자신의 어깨를 끌어안았다.

'나는 그게 좋거든.'

굳건하다고 생각하는 의지를 모래성처럼 허물어뜨리는 것을.

트라비아의 중앙 지구는 본래부터 부유한 자가 많이 살았던 곳이다.

비록 그들 대부분은 트라비아가 인외마경이 되면서 도시를 떠나거나 살해되었지만 그들이 살았던 저택은 그대로 남아 있다.

마차가 달리면서 풍경은 그렇게 바뀌었다.

드문드문 세워진 대저택과 대저택의 부지들.

마차는 멈추지 않고 계속해서 달렸다. 흡혈귀가 되는 것을 권유한 후로 제니엘라는 더 이상 이성민에게 말을 걸지 않았다.

단지 알 수 없는 미소를 지으면서 이성민을 볼 뿐이었고, 이성민은 그녀의 시선에 거북함을 느꼈다.

[추천하고 싶지는 않은데.]

허주가 중얼거렸다.

[제니엘라는 강력한 흡혈귀야. 지금의 네가 뭔 수를 써도 제니엘라를 상대할 수는 없다. 지난번 던전에서처럼 내 도움을 받는다고 해도 제니엘라를 어찌할 수는 없을 것이야.]

허주의 목소리에는 흔들림이 없었다. 그 말에 이성민은 동감할 수밖에 없었다.

뱀파이어 퀸인 제니엘라는 강력한 힘을 가진 괴물이었다. 이성민이 정신세계에서 해온 수행의 성과를 그대로 가져온다고 해도 제니엘라와의 싸움에서 승기를 장담할 수가 없었다.

이성민이 그렇게 생각하는 것은, 제니엘라가 가진 힘이 어느 정도인지 도저히 엿볼 수가 없기 때문이었다.

[확실하게 말하자면, 제니엘라는 던전에서 네가 보았던 '진짜' 소천마보다 강하다.]

허주가 답을 주었다.

[적어도 지금은 말이야. 소천마는…… 내가 보기에는 이치에 맞지 않는 재능을 가지고 있어. 부조리해도 너무 부조리할 정도로 말이야. 그 계집은 계속해서 강해질 거다. 하루가 지나갈수록 이미 완숙에 접어든 강함은 더욱 완전해질 것이고 그 이상으로 나아가겠지. 이 어르신이 엿보았던 그 계집의 재능과 가능성이라면 몇 년의 세월이 더 흐르게 되었을 때 제니엘라의 힘을 초월하게 될지도 몰라.]

그렇게 말하는 허주의 목소리에는 확신이 없었다.

이성민은 그 말을 들으면서 손을 쥐었다가 폈다.

2100년 동안 정신세계에서 해온 수행. 그 수행은 이성민이 가지고 있는 재능과 가능성, 그것을 어마어마한 시간을 들여 끌어올려 아득한 경지에 도달하게 만들었다.

하지만 그곳에서 얻은 모든 성취를 현실로 끌어와 작용하는 것은 전혀 다른 이야기다. 알면서도 펼칠 수가 없는 것이다.

그렇기에 더 이상 성장하는 것이 불가능하다. 이미 도달한 곳에도 제대로 닿지 못했는데 정신세계의 성취를 따라잡지 못하는 이상 그보다 높은 곳에는 도달할 수가 없다.

반면에 위지호연은 어떤가.

그녀는 계속해서 강해진다. 그녀가 어떤 수행을 하고 있는 것인지는 모르지만 던전의 끝에서…… 위지호연은 확신에 찬 목소리로 말했었다.

1년 후의 자신은 지금의 자신과는 비교도 할 수 없이 강해져 있을 것이라고.

'차이가 벌어져.'

계속해서.

'나는 기어가고 있어. 천천히…… 천천히. 하지만 위지호연은 뛰고 있다. 아니, 날고 있나.'

그러니 벌어진다. 간신히 따라잡았다고 생각해도, 위지호연이 나아가는 속도를 따를 수가 없다.

[어찌 되었든, 제니엘라의 저택으로 가는 것은 추천하고 싶지 않아. 저 요망한 계집이 무슨 꿍꿍이를 가지고 있는 것인지는 모르니까. 만약의 사태가 되었을 때 네 몸을 보호할 수단이 부족하다.]

'그럴지도 모르지.'

생각 없이 따르는 것은 아니다.

'귀인'이라는 애매모호한 존재와의 만남. 그 정체를 정확하게 알 수 없는 이성민으로서는 이런 식의 만남을 완전히 무시할 수는 없다.

어쩌면 제니엘라가 정말로 신령이 말한 귀인일지도 모

른다.

확실한 것은, 신령이 말했던 5년 후의 겨울. 이제 10월이니 슬슬 겨울이라고 할 수 있으리라.

신령의 말이 반드시 이루어지는 운명을 말한 것이라면 두 달 안에 이성민은 귀인과 만남을 갖게 된다.

'그리고, 내가 거절했다면…… 제니엘라는 나를 죽였을 거야.'

[그렇겠지.]

허주가 껄껄 웃었다.

[외통수라고 해야 하나? 뭐…… 목숨 부지는 열심히 하도록 해라. 정 안 된다면 방법이 아주 없는 것은 아니니까.]

'무슨 방법?'

[요괴가 되는 것이지.]

허주가 껄껄 웃으며 말했다.

[요괴가 되면 제니엘라와 싸워 이길 수 있다…… 이런 무책임한 말은 하지 않으마. 하지만 목숨은 건질 수 있을 것이야. 도망치는 것 정도는 가능할 테니까.]

'개소리하지 마.'

이성민은 짜증을 담아 내뱉었다.

이성민의 곁에 앉은 루비아는 사시나무처럼 몸을 떨고 있었다. 이성민은 그런 루비아의 어깨에 손을 올렸다. 루비아는 흠칫 놀라 이성민의 옆얼굴을 올려 보았다.

이성민은 루비아의 시선을 느꼈으나, 그녀에게 그 어떤 안도의 말도 전해주지는 않았다.

"귀여워라."

침묵하고 있던 제니엘라가 쿡쿡거리며 웃는 소리를 냈다.

"내가 많이 무서운가 봐요? 걱정하지 말아요. 나는 당신들에게 절대로 해를 끼치지 않을 거예요. 맹세는 하지 못하겠지만 나는 약속을 어지간하면 지키는 편이에요."

마차가 멈췄다.

"도착했네요."

제니엘라가 닫힌 마차의 문을 힐긋 본다. 부름 없이도 마차가 열렸다.

"어서 오세요."

마차에 탈 때는 가장 늦게 탄 제니엘라였지만 내릴 때는 가장 먼저였다.

어느 틈이었을까. 마차에서 내린 제니엘라는 더 이상 기모노를 입고 있지 않았다.

그녀는 고풍스러운 검은 드레스를 입고서 붉은 장미가 가득 피어난 정원의 앞에 섰다. 그 뒤에는 아름다운 저택이 솟구쳐 있었으며, 아직 밤이 아닐 텐데도 저택 부지는 밤의 어둠에 물들어 있었다.

"뱀파이어 퀸의 저택에."

요염할 정도로 붉은 장미의 정원 앞에서 제니엘라는 흡혈귀의 여왕이자 저택의 주인이 되었다.

어둠 속에서 인간이 아닌 기척들이 꿈틀거린다. 은밀히 걸어 나온 이들은 창백한 피부와 붉은 눈을 가진 제니엘라의 권속들이었다.

"예의를 갖추어 대접해 드리도록 하렴."

다가온 흡혈귀가 이성민에게 꾸벅 머리를 숙였다.

"로브를."

"……음."

이성민은 입고 있던 로브를 벗어 흡혈귀에게 건네주었다. 다른 흡혈귀가 루비아가 입고 있던 로브도 받아냈다.

제니엘라는 한발 앞서 정원을 가로질렀다.

이성민과 루비아는 흡혈귀들의 호위를 받으며 저택으로 향했다.

"인간의 식사를 준비하도록 해. 최고의 실력을 발휘해서 말이야."

저택의 문을 열고 들어간 제니엘라가 가까이 있는 흡혈귀에게 명령했다. 흡혈귀는 머리를 깊이 숙이면서 모습을 감추었다.

"방은 넘치도록 있어요. 원하시는 방을 쓰도록 하세요. 이

저택의 방이 마음에 들지 않으신다면 별관을 통째로 드리도록 하죠.”

“아니…… 그건 괜찮습니다. 오늘은 어디까지나 ‘식사’를 하기 위해서 온 것이니까요.”

“저택의 방은 모두 훌륭해요. 트라비아의 어느 여관을 가더라도 이곳만큼 훌륭한 방은 없을 거예요.”

“……제안은 감사하지만…… 괜찮습니다.”

“흐으응…….”

이성민의 대답에 제니엘라가 기다란 콧소리를 흘렸다.

붉은 눈을 번뜩거리며 이성민을 응시하던 제니엘라가 천천히 머리를 끄덕거렸다.

“좋아요. 거절하신다면야 어쩔 수 없죠. 다만…… 마음이 바뀐다면 언제든지 말해주세요. 아까 마차에서 드린 제안의 대답도. 마음이 바뀐다면 대답해 주세요.”

그 대화를 끝으로 이성민과 루비아는 제니엘라와 함께 저택 안의 식당으로 안내되었다.

“이…… 인육이 나오는 건 아닐까요?”

루비아가 몸을 떨며 작은 목소리로 소곤거렸다.

그녀 딴에는 소리를 죽여 한 말이었지만 제니엘라가 그 소리를 듣지 못할 리가 없었다. 제니엘라는 웃음을 터뜨리면서 머리를 흔들었다.

"절대로 그런 일은 없어요. 내가 명령한 것은 '인간의 식사'니까요. 그리고…… 뱀파이어는 인육을 즐기지 않아요. 뱀파이어가 즐기는 것은 인간의 피뿐이죠. 인육을 즐겨 먹는 것은 야만스러운 라이칸슬로프들이에요."

제니엘라는 고개를 돌려 루비아를 보았다.

"당신의 말은 뱀파이어에게는 굉장히 큰 모욕이에요. 내가 만약 '당신들에게 해를 끼치지 않겠다'라는 약속을 하지 않았더라면 나는 그 말을 들은 즉시 당신의 목을 뽑아버렸을 거예요."

"죄, 죄, 죄…… 죄송합니다……!"

루비아가 하얗게 질린 얼굴로 외쳤다. 신진대사는 존재하지만 크게 기능하지 않는 몸.

루비아는 자신이 이런 몸인 것에 드물게도 감사를 느꼈다. 만약 그녀의 몸이 이런 몸이 아니었더라면 루비아는 제니엘라의 경고에 오줌을 지려 버렸을 것이다.

"요리가 나오기까지는 시간이 꽤 걸릴 테니."

커다란 테이블의 끝에 앉고서 제니엘라가 이성민을 보았다. 그녀는 자신의 자리와 가장 가까운 자리를 권하면서 키득거렸다.

"그때까지 대화나 하도록 할까요?"

길고, 하기 싫고, 실수가 커진다면 죽을지도 모르는 대화.

"그러도록 하죠."

이성민은 무표정을 가장하고서 제니엘라가 권한 자리에 앉았다.

놈이 얼마나 빠르게 이동할지는 모른다.

하지만 거리를 생각해 본다면 아무리 여유를 부려도 지금쯤이면 트라비아에 도착해야만 한다.

프레스칸은 리치, 마법사다.

마법사는 직접 몸을 사용해 움직이는 멍청한 방법은 사용하지 않는다.

마법사란 것들은 대개 게으르고 움직이기 싫어한다. 그렇기에 게으르고 움직이기 싫어하는 마법사를 대신해 줄 무수히 많은 마법이 존재한다.

사역마는 그중에서도 대표적인 마법이다.

수준 낮은 마법사라면 쥐나 참새 같은 자그마한 동물을 사역마로 삼는 것이 고작이지만, 프레스칸은 그런 저급한 마법사들과는 비교가 안 될 정도로 고등한 위치에 있는 마법사였다.

그렇다고 해서 프레스칸이 참새나 쥐 같은 자그마한 동물을 사역마로 쓰지 않는 것은 아니다.

그런 작은 동물은 흔하고 작기에 많은 이점을 갖는다. 여기서 고등한 마법사와 저급한 마법사의 차이가 벌어진다.

사역마에 대한 통제력, 그리고 사역마의 숫자와 사역마를 통해 거둬들인 정보를 얼마나 잘 종합하는가.

프레스칸은 수많은 작은 짐승을 써서 트라비아의 성문을 감시하고 있었다.

성문뿐만이 아니다. 중앙 지구의 성문, 중앙 지구 전체. 굉장히 수고스러운 일이었지만 그럴 만한 가치는 있었다.

그 빌어먹을 심장 도둑을 잡기 위해서라면 프레스칸은 그 어떤 무리도 감수할 결의에 차 있었다. 그만큼 프레스칸이 만들어낸 심장은 그가 리치까지 되어가면서 이루고자 했던 비원이었기 때문이다.

하지만 지금은.

"……뱀파이어 퀸……!"

프레스칸은 존재하지 않는 자신의 머리를 붙잡았다.

프레스칸의 몸을 구성하고 있는 어둠의 마력이 그의 감정적 동요에 따라 크게 흔들렸다.

"빌어먹을, 빌어먹을 년! 왜 네년이! 그 빌어먹을 심장 도둑을!"

제니엘라가 심장 도둑이 들어간 여관으로 들어갔다.

오랜 시간이 걸리지 않아 그들은 함께 여관을 나왔고, 같은 마차를 탔다.

마차가 향한 곳은 중앙 지구의 중심에 있는 저택. 붉은 장미가 가득 핀 뱀파이어 퀸의 저택이었다.

그들 사이에 무슨 대화가 오갔는지는 모른다. 하지만 이것 하나는 틀림없는 사실이었다.

프레스칸이 평생을 이루어 만들어낸 심장을 몸에 박은 놈이…… 뱀파이어 퀸의 저택으로 들어갔다.

'어떡하지?'

프레스칸은 망설일 수밖에 없었다. 아무리 프레스칸이 광기에 절어 있다고 하여도 목숨이 소중하다는 것은 안다.

라이프 포스 배슬만 건재하다면 몇 번이고 부활이 가능한 리치라 해도, 뱀파이어 퀸 같은 강력한 인외와 맞서는 것은 망설이게 될 수밖에 없다.

그래.

프레스칸은 뱀파이어 퀸과 맞서는 것을 상정하고 있었다.

소중한 심장을 되찾기 위해서다. 뱀파이어 퀸이 그 용병 놈을 왜 데리고 간 것인지는 모르겠으나 만약 놈이 뱀파이어 퀸의 권속이 된다면…… 프레스칸은 절대로 심장을 되찾을 수가 없게 된다.

그렇기에 투쟁해야 하는 것이다. 맞서고 되찾아야 한다. 당연했다. 그 심장의 창조주는 프레스칸이므로.

생각은 거기까지 갔지만.

프레스칸은 갈등했다.

두려웠다. 뱀파이어 퀸은 자비가 없는 괴물이다. 프레스칸이 그녀와 맞서려 든다면 그녀는 용서 없이 프레스칸을 소멸시킬 것이다.

"……일단은 지켜보자……."

결국 프레스칸은 투쟁보다는 타협을 택했다.

까놓고 말해서 죽는 것은 싫었다. 시간은 넘치도록 있으니까. 심장은 또 만들면 되는 것이다. 하지만 미련은 남아서 프레스칸은 계속해서 수정구 앞에 서서 뱀파이어 퀸의 저택을 들여다보았다.

얼마나 시간이 흘렀을까. 몇 시간이 흐르고 나서 저택의 대문이 열렸다. 올 때는 마차를 타고 왔으나 나올 때는 걸어 나왔다.

프레스칸은 저택에서 나오는 이성민과 루비아를 보고서 눈을 부릅떴다. 그는 사역마의 시야를 확장시켜 이성민과 루비아를 가까이 보고자 했다.

"……뱀파이어가 되지는 않았어."

프레스칸이 떨리는 목소리로 내뱉었다.

오, 신이시여.

그는 두 손을 모아 기도했고, 곧이어 환희와 격정에 가득 차의미 모를 고함을 질렀다.

밤파이어가 되지 않았다면 프레스칸에게 기회는 있다.

"죽이지는 않아. 그래…… 그래, 좋아. 죽지 않게 만든 다음에 뽑아주마."

하지만 당장은 안 된다.

중앙 지구는 제니엘라의 영역이다. 제니엘라의 의중을 모르는 이상, 중앙 지구에서 놈을 습격할 수는 없다. 그러니 기다려야만 했다.

"차라리 언데드로 만들어버릴까……."

프레스칸은 즐거운 상상을 하면서 흐흐 웃었다.

2장
북쪽

탄생 이후로 5년의 세월이 흐르면서 아이네는 다양한 것을 학습했다.

아이네가 존재하기 시작한 시간은 절대로 길다고 할 수는 없는 것이었지만, 아이네가 보낸 5년은 보통의 존재가 보내온 5년과는 비교도 할 수 없을 정도로 밀도가 높았다.

그것은 아이네가 가진 포식과 학습의 능력 때문이었다. 그녀는 타인의 심장을 씹어 포식하는 것으로 심장 주인의 능력을 손쉽게 학습할 수가 있었다.

프레스칸이 아이네를 데리고 북쪽으로 온 것은, 아이네를 손쉽게 학습시키기에 치안이 엉망인 북쪽이 최적의 지역이라고 생각했기 때문이다.

'설마 이렇게 될 줄은 몰랐지만.'

거대한 에리아의 북쪽. 그곳의 대도시인 트라비아에 뱀파이어 퀸인 제니엘라가 있을 것이라고는 상상하지 못했을 뿐이다.

이럴 줄 알았다면 차라리 남쪽으로 내려갈 것을 그랬나.

아니, 그곳이라고 해서 사정이 크게 낫지는 않았을 것이다.

에리아의 북쪽이 인외마경의 땅이라면 남쪽은 백귀야행(百鬼夜行)의 땅이다.

그곳에는 야만스러운 원주민들과 다양한 요괴와 귀신이 활보한다.

북쪽에도 인외종이 없는 것은 아니지만 뱀파이어나 라이칸슬로프, 리치 등의 인외종과 비교한다면 요괴와 귀신은 더욱 질이 나쁘다. 그들은 자제라는 것을 모르기에 행동에 주저가 없고 폭력에 익숙하다.

"아이네."

프레스칸은 아이네의 방문 앞에 서서 그녀의 이름을 불렀다. 그녀를 부르는 목소리에는 아버지로서의 사랑이 듬뿍 담겨 있었다.

실제로 프레스칸은 아이네를 자신의 친딸로 여기고 있었다. 딱히 틀린 말은 아니었다. 프레스칸이 직접 낳은 것이 아니더라도 아이네의 심장과 몸뚱이는 프레스칸이 직접 만든 것이다.

"응."

문이 열렸다. 아무것도 없는 방에는 침대 하나만 덩그러니 놓여 있다. 아이네는 그 침대에 걸터앉아 프레스칸을 보고 있었다.

그녀는 문을 열기 위해 길게 뻗었던 촉수를 자신의 몸 안으로 들여보냈다.

5년이라는 세월이 흘렀음에도 아이네의 몸은 성장하지 않아 작은 소녀의 모습을 하고 있었다.

어린아이는 크게 경계를 받지 않는다. 상황에 따라 다르기는 하겠지만 보통의 사람은 어린 소년과 소녀를 경계하지 않는다.

호랑이나 표범이 몸을 숨기기 위한 무늬를 가지고 있듯이 아이네의 어린 모습은 먹이를 보다 효율적으로 사냥하기 위한 포식자로서의 위장이었다.

"그 심장 도둑이 이 도시에 온 모양이다."

그 말에 아이네의 눈이 번뜩하고 떠졌다.

제니엘라와의 대화는 의외로 싱거웠다.

그녀는 대단한 것을 묻지 않았다. 돌이켜 더듬어 볼 필요도 느끼지 못할 정도로 식사 중 나눈 대화는 무겁지 않았다.

"……맛있었죠?"

이성민의 곁에 붙은 루비아가 떨떠름한 얼굴을 하고서 물었다. 이성민도 마찬가지인 감정을 느끼며 머리를 끄덕거렸다.

제니엘라가 자신 있게 말했던 것처럼 그녀의 저택에서 나눈 식사는 훌륭했다.

곁들인 포도주의 색이 너무 붉어서 피를 섞은 것이 아닐까 처음에는 의심하였지만 그것도 그냥 포도주였다.

"다음에 또 만나요."

배웅하면서 제니엘라가 했던 말이 마음에 걸린다. 의례적인 말로 치부하고는 싶었어도 그것을 말한 것이 뱀파이어 퀸이니 마냥 흘려들을 수는 없었다.

제니엘라가 가진 폭력은 이성민의 모든 행동을 강제할 수 있을 정도다.

저택에서 숙식하지 않겠다고 거절하기는 했지만, 제니엘라가 정말로 원했더라면 이성민을 강제로 저택에 묵게 할 수도 있었을 것이다.

'하지만 보내줬어. 왜지……?'

[네놈이 마음에 든 거야.]

허주가 낄낄 웃으며 말했다.

[그 계집은 돌아버렸거든. 손에 넣을 수 있으면서도 넣지 않아. 그 계집이 바라는 것은 원하는 장난감을 제힘으로 손에 넣는 것이 아니라, 장난감 쪽에서 애걸하며 손으로 들어와 주

는 거야.]

'무슨 말인지 모르겠어.'

[그 계집은 네놈에게 흡혈귀가 되지 않겠냐고 권유했었지. 그리고 네놈은 그것을 거절했다. 거기서부터 시작된 거야. 그 계집의 불쾌한 취미가 말이지.]

'……내가 스스로…… 흡혈귀로 만들어 달라고 찾아오는 것을 기다리고 있다는 건가.'

그럴 생각은 절대로 없다. 요괴가 되었으면 되었지 흡혈귀가 될 생각은 없다.

기왕 이곳까지 왔으니, 이성민은 중앙 지구의 숙박 시설을 사용하기로 했다. 굳이 외곽 지역까지 나가는 것도 귀찮았고 그럴 필요도 느끼지 못했다.

'시선.'

살피는 시선이 많다. 드문드문 섞인 시선들은 나름의 위장이라고 할 수 있을 터이나 이성민이 느끼기에는 노골적이기만 했다.

'거지…… 는 보이지 않아.'

대도시, 그것도 가장 발달되어 있는 중앙 지구에 거지가 하나도 보이지 않는다.

이유는 짐작이 된다. 무림맹의 단원들도 때려죽이는 미친 도시인데, 개방에 소속된 거지들이 쉽사리 돌아다닐 리가 없다.

"오."

가까운 곳에서 들린 목소리가 이성민의 걸음을 붙잡았다.

"당신과는 의외의 순간에 자주 만나는군요."

그 말에 이성민도 동감할 수밖에 없었다.

김종현은 로브의 후드를 머리 뒤로 넘기고서 이성민을 향해 웃음을 보여주었다.

드리무어에서 검귀를 죽인 이후로 김종현과 재회하는 것은 이번이 처음이었다.

"그때에는 뭔가에 홀리기라도 한 것처럼 저를 버리고 사라졌었죠. 가볍게 말 한마디라도 건네주고 갔으면 좋았을 것을."

"……갑작스레 해야 할 일이 생겨서, 어쩔 수 없었습니다."

"그렇다면 이해해 드려야죠."

김종현이 태연한 얼굴을 하고서 대답했다.

설마 트라비아에서 김종현과 다시 만나게 될 줄이야.

이성민은 김종현의 얼굴을 훑어보았다. 그 이후로 2년 남짓한 시간이 흐르기는 했지만 김종현의 얼굴은 변함이 없었다.

생각해 보면 김종현은 5년 전 처음 보았을 때와도 아무런 변화가 없었다.

"왜 이곳에 있는 겁니까?"

"2년 전의 일 이후로 트라비아에는 다양한 사정을 가진 괴물과 사정 있는 질 나쁜 자들이 모여들었죠. 그런 트라비아는 흑마법사가 활동하기 좋은 지역입니다."

"……그래서 이곳에 있는 겁니까? 당신은 흑색 마탑주가 되었다고 하지 않았습니까?"

"마탑주라고 해서 마탑에 틀어박혀야 한다는 법이 있는 것은 아닙니다. 연구 실적만 꾸준히 내면 되는 것이에요."

김종현은 그렇게 말하면서 어깨를 으쓱거렸다.

"트라비아라는 도시에 매력을 느꼈습니다. 그래서 긴 휴가까지 내고서 이곳에 온 겁니다. 설마 이곳에서 당신을 만나게 될 것이라고는 생각하지 못했습니다만……."

"……저 사람은 누군가요?"

이성민의 곁에 붙어 있던 루비아가 작은 목소리로 질문했다.

김종현도 루비아 쪽을 보면서 눈을 동그랗게 떴다.

"수인이군요. 노예입니까?"

"아닙니다."

"아…… 실례. 제가 잘못 판단하였군요. 수인이 아니라…… 흐음……."

김종현의 눈이 탐구자의 것으로 변했다. 그는 노골적으로 루비아를 훑어보았고, 루비아는 그 시선이 민망한 듯이 이성민의 등 뒤에 몸을 숨겼다.

"……인공 생명……. 이것 참…… 신기하군요. 인공 생명을 만드는 것을 비원으로 삼는 마법사는 많지만 진짜로 인공 생명을 만들어낸 것은 정점에 가까운 극히 일부의 마법사뿐입니다. 대체 저런 것을 어디서 구한 겁니까?"

"……초면에 실례되는 말만 잔뜩 하는 사람이네요."

루비아의 어깨가 가늘게 떨렸다. 그녀는 김종현을 노려보면서 내뱉었다.

"물건 취급 하지 말아주셨으면 해요."

"아…… 죄송합니다. 제가 말버릇이 그리 좋은 편은 아니라서."

그렇게 말하면서 김종현은 꾸벅 머리를 숙였다.

"이것도 인연인 듯싶은데, 어떠십니까? 가볍게 식사라도 하시는 것이."

"말씀은 감사합니다만…… 이미 식사를 해서요."

"묵으실 곳은 있습니까?"

"아니요. 오늘 트라비아에 들어와서 아직 숙소는 잡지 못했습니다."

"그렇다면 제집으로 오시겠습니까?"

김종현이 웃으며 권했다. 이성민은 잠깐 망설이다가 머리를 끄덕거렸다.

김종현과는 몇 번이나 만난 적이 있다. 물론 그 몇 번의 만남으로 김종현의 모든 것을 파악했다는 생각은 하고 있지 않다.

하지만 이런 생각이 들었다. 어쩌면 김종현이 북쪽에서 만나게 될 귀인일지도 모른다는 생각.

김종현과는 그리 멀리 이동하지는 않았다.

제니엘라의 저택과는 비교가 전혀 되지 않았지만 김종현이 문을 열고 들어간 곳은 외곽 지역의 허름한 집보다는 훨씬 나은 2층 주택이었다.

"꽤 좋은 집이지요."

김종현은 입고 있던 로브를 벗으며 말했다. 벗은 로브는 스르륵 움직여 벽에 붙은 옷걸이에 걸렸다.

"괜찮은 값으로 나와 있기에 구입했습니다. 이 도시에서 언제까지 체류할지는 모르는 일이지만 여관을 쓰는 것보다는 집을 구하는 것이 여러모로 편할 것 같아서요."

"그렇습니까?"

"그간 뭘 하고 지내셨던 겁니까?"

김종현이 자리를 권하며 물었다. 그러면서 김종현은 이성민이 입고 있는 마갑을 한번 보았고, 거기서 시선을 올려 이성민의 눈을 들여다보았다.

"……2년 전에 보았을 때와는 많은 것이 변하셨군요. 강함도 그렇고. 특히 그 마갑…… 뭔지는 모르겠지만 이해가 힘들 정도의 강력한 존재감이 느껴집니다."

[눈썰미가 좋은 놈이군.]

허주가 중얼거렸다. 이성민은 허주의 목소리를 무시하고서 대답했다.

"우연한 기회가 있어서요."

"이 세상에 우연이라는 것은 없습니다. 운명은 있을 테지만요. 어쩌면 이곳에서 당신과 제가 재회하게 된 것도 운명일지 모르지요."

김종현은 그런 말을 하면서 웃었다.

운명.

이성민은 아직까지 대체 무엇인지 모를 운명이라는, 그 애매모호하기 짝이 없는 것의 존재를 진정으로 믿고 있지는 않았다.

"트라비아에는 관광차 오셨다고 했었지요?"

"예."

"……이 도시에 관광할 만한 것이 무엇이 있는지는 잘 모르겠습니다만."

"흥미롭지 않습니까?"

김종현은 그렇게 말하면서 손가락을 까닥거렸다. 주방 쪽에서 달그락거리는 소리가 나더니 주전자와 컵이 날아왔다.

"트라비아에 인외가 모여들고 있습니다."

김종현이 입을 열었다.

"모여드는 인외는 대부분이 프레데터…… 아, 프레데터가 무엇인지는 알고 계십니까?"

"알고 있습니다."

"흠, 그렇군요. 어쨌든…… 트라비아에 모여든 인외는 대부분이 프레데터에 소속되어 있습니다. 모두가 두려운 힘을 가진 괴물들은 아니지만 그중에서도 몇은 이 세계 전체에서도 손에 꼽힐 정도의 강력한 힘을 가진 괴물들이에요."

600년 이상 살아온 뱀파이어 퀸. 한때 광랑이라 불리던 라이칸슬로프, 그중에서 웨어울프 중 최강이라 꼽히던 웨어울프. 그 둘을 필두로 한 프레데터에 소속된 많은 인외.

"뱀파이어 퀸은 트라비아를 장악했고, 웨어울프는 트라비아 외곽을 장악했습니다. 사실 그것은 꽤 오래전부터 그랬던 일입니다. 혈천마와 혈천맹이 건재했던 시절에도 그들은 트라비아에 있었습니다. 다만 두드러지지 않았을 뿐이지."

그것은 지금도 마찬가지입니다.

김종현이 덧붙였다.

"뱀파이어 퀸은 대외적으로 활동을 거의 하지 않고 있습니다. 하지만 그녀의 권속인 뱀파이어들은 트라비아를 감시하고 있지요. 웨어울프도 마찬가지입니다. 귀랑문이라는 문파는 그리 세력이 크지 않은 중소 문파 정도로 알려져 있고, 실제로 귀랑문은 그렇게 행동하고 있습니다. 이상하지 않습니까? 귀랑문의 문주인 광랑은 마음만 먹는다면 구파일방 중 하나를 단독으로 전멸시킬 수 있는 힘을 가지고 있습니다. 그것은 뱀파이어 퀸도 마찬가지예요. 그런데 왜 혈천맹 따위가 트라비아에 군림하게 내버려 둔 것일까요?"

"……주목받고 싶지 않아서?"

"그렇게도 생각할 수 있겠죠. 사실은…… 의미가 없었던 겁니다. 혈천맹이 군림하건 말건. 그들은 원한다면 혈천맹과 혈천마를 쓸어버릴 힘을 가지고 있었어요. 단지 그렇게 하지 않은 것은…… 그럴 필요가 없었기 때문이었죠. 그리고 혈천맹이 위지호연에게 무너지면서, 트라비아는 그들이 바라던 이상적인 형태를 갖추게 된 겁니다."

인외마경의 도시. 군림하던 혈천마가 무너지면서 수많은 마인이 트라비아의 주인이 되고자 머리를 들었다.

치안이 엉망이 되고 통제가 사라지면서 수많은 인외가 트라비아로 모여들었다.

"나는 프레데터가 이곳에서 무엇을 하려는 것인지는 모릅니다. 하지만 그들은 분명히, 무언가를 하려 들고 있습니다. 그래서 흥미가 일어요……. 몇백 년 동안 준동하지 않던 인외종의 정점에 선 괴물들이 무언가를 하려 합니다. 어쩌면 이곳에서 하나의 역사적인 사건이 일어날지도 모릅니다."

그렇게 말하는 김종현의 얼굴이 황홀함으로 물들었다.

"나는 그것을 보고 싶습니다."

3장
광천마

이성민은 김종현이 느끼는 환희를 이해할 수가 없었다.

그렇기에 이성민은 침묵했고, 결국 김종현과 이성민의 대화는 끝났다.

조금의 시간이 지난 후에 김종현은 이성민과 루비아에게 2층의 방을 안내해 주었다.

"저는 당신들의 생활에 간섭하지는 않겠습니다. 마찬가지로…… 여러분도 제 생활에 간섭하지는 말아주십시오."

김종현은 그렇게 말하면서 로브를 입었다.

어디로 가려는 겁니까?

이성민은 그 말이 목구멍까지 솟구쳤으나 질문하지는 않았다.

생활에 간섭하지 말아달라는 말을 먼저 들어버렸기 때문

이다.

“오늘 파티에 초대받아서요.”

이성민은 묻지 않았으나 김종현 쪽에서 먼저 대답해 주었다.

“흑마법사들의 파티죠. 함께 가시겠냐 권하고 싶기는 하지만…… 이성민 님은 흑마법사가 아니니까요.”

김종현은 걸친 로브를 손으로 털면서 웃었다.

“원하신다면 기초적인 흑마법은 가르쳐 드릴 수 있습니다만. 흥미가 있으십니까?”

“괜찮습니다.”

“저런.”

이성민의 빠른 거절에 김종현이 어깨를 으쓱거렸다.

“흑마법은 아주 흥미로운 학문인데…… 언제고 생각이 바뀌신다면 말씀해 주십시오.”

김종현은 그 말을 남기고서 주택을 나갔다. 이성민은 루비아와 함께 2층으로 올라가 김종현이 써도 좋다고 말한 방을 살폈다.

[수작은 부려놓지 않았군.]

“마법으로 감지해 봤지만 수상쩍은 것은 없어요. 주택 전체가 그렇네요. 보통 마법사의 거처라면 경계 마법 한둘쯤은 당연히 있어야 하는데…….”

루비아가 이상하다는 듯이 중얼거렸다. 이성민은 잠깐 생각에 잠겼다가 머리를 끄덕거렸다.

"말도 안 하고 떠나는 것은 조금 그렇지만 그냥 다른 곳으로 옮기도록 하죠."

"……알았어요."

김종현은 언제나 수상쩍은 인물이었다. 여태까지 김종현이 이성민에게 직접적으로 위해를 끼친 적은 없었으나, 이런 도시에 온 이상 이미 알던 사이라고 해도 무조건적으로 믿을 수는 없었다.

김종현이 무슨 생각을 하고 있는지는 모른다. 어쩌면 김종현은 정말로, 단순한 호의만으로 이성민을 집에 들인 것일지도 모른다.

하지만 만약이라는 것은 어느 경우에나 존재한다. 이성민은 그런 만약에 휘둘리고 싶지 않았다.

차라리 처음부터 배제해 버리는 것이 낫다. 이 집에 있다가 일에 휘말려 버린다면 김종현에게서 상상하고 싶지 않은 '만약'의 경우에 당해버리는 것이 된다. 그러니 집을 떠난다.

중앙 지구를 떠날 생각이었다. 이야기를 듣자 하니 제니엘라는 중앙 지구뿐만이 아니라 트라비아 전체를 손바닥 위에 올려둔 모양이었다.

그렇다면 중앙 지구를 떠난다고 해도 트라비아라는 도시에 있는 한 제니엘라의 눈을 피할 수는 없다.

'성령이 말했던 것은 북쪽. 꼭 트라비아라고는 생각하지 않아도 돼. 북쪽…….'

이성민은 북쪽을 보았다.

트라비아는 최북단에 있는 대도시. 하지만 이곳이 정녕 북쪽의 끝이라고는 할 수가 없었다.

조금 더 북쪽으로 가 볼까.

이성민은 북쪽을 향해 발을 돌렸다.

"어디로 가는 건가요?"

"북쪽으로."

"……설마 도시 밖으로 나가려는 것은 아니겠죠?"

루비아가 불안 섞인 목소리로 물었고, 이성민은 대답하지 않았다.

루비아는 이성민과 제법 오랜 시간을 붙어 다녔다. 그렇기에 잘 알고 있었다. 이런 질문에서의 침묵은 '그렇다'라는 대답이라는 것을.

"침대가…… 목욕이……."

루비아가 귀를 축 늘어뜨리면서 한탄했다. 이성민은 그런 루비아를 향해 심드렁한 목소리로 말했다.

"맛있는 식사를 먹었으니 그것으로 만족하십시오."

왜 내가 이곳에 있는 것일까.

남자는 그것을 알지 못한다. 언제부터인가 그의 기억은 드문드문 끊어졌고, 정신을 차릴 때면 끊겨 있을 때의 기억은 떠올릴 수가 없었다.

하지만 이것 하나는 확실했다. 정신을 차리고 기억을 연결했을 때의 그는 언제나 피투성이였다.

'또로군. 또…… 여기는 또 어디인지…….'

광천마(狂天魔) 벽원패는 자조 섞인 웃음을 흘리며 몸을 일으켰다.

이례적인 경우였다. 정신이 들었음에도 피투성이가 아니다.

주화입마에 든 이후로 광천마는 주기적으로 기억과 이성을 잃었다. 그럴 때마다 광천마는 언제나 피투성이인 상태로 돌아왔다.

일신의 무공이 워낙에 비범한 탓에 피투성이가 되어 정신을 차렸을 때는 기분은 더러웠어도 통증 같은 것은 느끼지 않았다. 그의 몸을 적셨던 피는 언제나 타인의 것이었기 때문이다.

'얼마나 정신을 잃고 있었던 것인지 짐작이 안 되는군.

눈…… 겨울……. 여기는 어디지?'

광천마는 멍한 머리를 붙잡고서 신음을 흘렸다.

보이는 것은 눈밭. 바람은 거셌지만 눈은 내리지 않는다.

광천마는 멀찍이 보이는 거대한 산을 보았다. 거기서 다시 머리를 돌리니 멀지 않은 곳에서 도시의 성벽이 보였다.

'북쪽…… 도시……. 설마 여기는 트라비아인가?'

설마. 그 먼 곳까지 와버렸다고?

광천마는 혹시나 싶어서 그 자리에 주저앉아 가볍게 운기조식을 해보았다.

"이런 미친……."

무슨 일이 벌어진 것인지 짐작이 간다.

설마 이 먼 도시까지 쉬지 않고 경공을 펼쳤단 말인가.

대체 무엇을 위해?

광천마의 눈썹이 바르르 떨렸다.

여태까지 주화입마의 부작용으로 이성을 잃었을 때 광천마는 무분별한 학살을 벌여왔다. 그런 학살은 익숙했으나 이런 경우는 처음이다.

비록 기억할 수는 없다고는 하나 광천마는 무인이다. 그는 빠르게 자신의 몸을 점검했다. 운기조식을 통해 몸에 펼쳐진 무공의 흔적을 확인해 본다.

전투의 흔적은 없다. 사용한 무공은 경공뿐.

대체 이성을 잃었을 때의 나는 무엇을 위해서 이곳까지 쉬지 않고 달려왔다는 말인가?

콰앙.

멀찍이서 들린 소리에 광천마의 몸이 움찔 떨렸다.

그는 천천히 몸을 일으켰다. 소리가 연달아 퍼진다. 근처에서 싸움이 진행 중이다.

무슨 일이 벌어진 것인지는 알 수 없었으나 광천마는 주저 없이 소리가 난 방향으로 향했다.

'우선 여기가 어디인지 물어봐야겠군.'

트라비아일 것이라고는 생각하고 있었지만 그래도 확답이 필요했다.

아이네는 이성민을 공격하고 있었다. 이성민은 전면으로 육박해 오는 다섯 가닥의 촉수를 향해 창을 내질렀다.

꽈아앙!

폭음과 함께 아이네의 촉수가 뒤로 튀어 오른다.

하지만 이성민도 아무 손해를 보지 않은 것은 아니었다. 이성민의 창을 덮고 있던 강기 중 끄트머리 쪽이 공방을 주고받으면서 입은 타격으로 조금 흩어졌다.

북쪽을 목적지로 삼고 도시를 나오고서 그리 오랜 시간은 흐르지 않았다. 그런 중에 습격이 일어났다. 어둠 속에서 튀어나온 것은 이성민이 몇 년 전에 맞닥뜨렸고, 강기의 사용법을 깨달아 물리칠 수 있었던 아이네였다.

'운이 좋다고 해야 할지.'

이성민은 손아귀의 저릿거림을 무시하면서 창을 크게 휘둘렀다.

묵직한 소리와 함께 아이네의 촉수가 다시 한번 튕겨 나간다.

아이네의 공격은 그런 식이었다. 그녀는 적극적으로 덤벼오지 않고 이런 식으로 촉수만 휘두르면서 이성민의 대응을 보고 있었다.

[대체 뭔가요, 저 꼬맹이는……?! 대체 뭔 짓을 하고 다녔기에 저런 꼬맹이한테 원한을 산 거예요?!]

이성민의 머릿속에 대고 루비아가 비명을 지른다. 그녀는 수인의 형태를 갖추지 않고 빛의 구체로 화하고서 이성민의 품 안에 숨어 있었다.

이성민은 루비아의 외침을 무시하고서 몇 걸음 뒤로 물러섰다. 그러나 아이네의 촉수가 꿈틀거리면서 다시 이성민을 덮친다.

이성민은 그 즉시 분뢰추살을 사용해 아이네의 촉수를 요격했다.

"프레스칸은 어디에 있지?"

이성민은 흩어지는 촉수의 파편을 보면서 물었다. 아이네는 노란 눈동자로 이성민의 얼굴을 바라보다가 입을 열었다.

"도시에."

프레스칸은 뱀파이어 퀸인 제니엘라에게 포착되어 있다.

제니엘라는 프레스칸을 프레데터에 가입시킨 후로 어떤 행동들을 강제하지는 않았다.

하지만 프레스칸으로서는 뱀파이어 퀸의 이목을 무시하고서 도시를 빠져나가는 것이 아무래도 눈치가 보일 수밖에 없었다. 그래서 직접 움직이지 않고 아이네를 보낸 것이다.

그렇다고 해서 프레스칸이 이 전장을 살피지 않고 있는 것은 아니었다. 공중에 떠돌고 있는 몇 마리의 새가 아래를 주시하고 있었다.

'차라리 잘되었군.'

'운이 좋다'고, 이성민은 그렇게 판단하기로 했다. 프레스칸과의 재회를 바라고 있던 것은 이성민도 마찬가지다. 찾아다닐 수고를 줄였다.

여기서 아이네를 제압한다면 프레스칸을 끌어낼 수 있다.

공중을 날아다니는 사역마의 시선은 이성민도 이미 느끼고 있었다.

놈이 왜 이곳에 직접 행차하지 않은 것인지는 알 수 없다. 어쩌면 무언가를 꾸미고 있는 것일지도 모른다. 그것을 경계하지 않는 것은 아니다.

이성민은 마갑을 전개했다. 상체만 감싸고 있던 마갑이 크게 확장되더니 이성민의 몸 전체를 감쌌다.

그는 양손으로 창을 잡고서 자세를 잡았다.

5년 전에 아이네의 습격을 받았을 때, 스칼렛의 도움이 없었더라면 그 자리에서 이성민은 죽음을 맞았을 것이다.

그 당시의 이성민은 절정고수이기는 했으나 여러모로 부족했고 불안한 점도 많았었다.

흐른 시간은 고작해야 5년. 하지만 이성민에게 축적된 시간은 겨우 그 정도가 아니다.

아이네는 탐색을 그만두었다.

이성민이 본격적으로 하려 드는 이상, 아이네도 더 이상 장난 같은 탐색을 이어가는 것이 무의미하다는 것을 깨달았다.

그녀는 길게 늘어뜨렸던 촉수를 몸 안으로 거두었다.

[기분 나쁜 년이군.]

허주가 중얼거리는 말에 이성민도 동감했다.

아이네의 몸에서 솟구치는 촉수는 터뜨리고 끊어놓아도 끝없이 재생된다.

아이네는 눈을 가늘게 뜨고서 이성민을 노려보았다.

그녀의 양손이 시커먼 갑각으로 뒤덮이고서 다섯 개의 손가락이 다섯 개의 칼날이 된다.

'우둑'거리는 소리와 함께 아이네의 등 뒤에서 시커먼 줄기들이 솟구친다. 그것은 기형적인 형태를 한 날개가 되었고, 남은 줄기는 흐느적거리는 촉수가 되었다.

아이네는 아버지인 프레스칸의 말을 무조건적으로 따르지는 않는다. 하지만 그녀 개인적으로 이성민에게 감정이 있는 것은 사실이었다.

'처음이었어.'

그렇게 제대로 된 아픔을 느낀 것은.

아이네는 강기에 뒤덮인 공격에 몸이 관통되던 때를 기억하면서 혀를 내밀어 입술을 핥았다.

5년 전에 느꼈던 기묘한 동질감은 그대로다. 아버지는, 프레스칸은 아이네에게 이성민을 죽이지 말라고 명령했었다.

팔다리 몇 개는 없어도 좋으니 일단 목숨이 붙은 상태로 데려오라고 했었다.

아이네는 그 명령을 따를 생각이 없었다. 마주친 순간부터…… 아이네는 강렬한 충동을 느끼고 있었다.

5년 전에 보았을 때에도 지금과 같은 충동을 느끼고 있었다. 그때에는 이 충동이 정확히 무엇인지 알지 못했다. 하지만 지금은 안다.

이것은 '식욕'이었다. 배가 고프지는 않다. 그럼에도 먹고 싶다. 먹고 싶어서 견딜 수가 없다. 가능하다면 토해서 먹은 것을 다 게워놓고서라도 먹고 싶다.

아이네는 입안 가득 군침이 도는 것을 느꼈다. 먹고 싶은 것은 심장뿐만이 아니었다.

'어디부터 먹을까?'

역시 발끝부터 먹으면서 올라가는 것이 좋을까?

아이네는 그런 상상을 하면서 군침을 삼켰다. 그와 동시에 아이네의 발이 땅을 박찼다. 그녀는 체구와 이치에 걸맞지 않은 속도로 이성민을 향해 쇄도했다.

[먹이를 보는 눈이로군.]

허주가 즐거운 목소리로 중얼거렸다. 아이네의 눈이 식욕으로 꿈틀거린다는 것은 이성민도 느끼고 있었다.

빠아앙!

아이네가 땅을 박차고 뛰어오른다. 그녀의 발아래에 있던 눈 무더기가 폭발이라도 한 것처럼 위로 솟구쳤다.

흩날리는 눈발을 뚫고서 아이네는 커다란 손톱을 이성민을 향해 내리찍었다.

이성민은 주저하지 않고 걸음을 뻗었다. 공격에 정면으로 다가가는 것처럼 보였지만 걸어 나가는 것은 이형환위로 만들어낸 환영이다.

이성민은 일보무흔을 펼쳐 아이네의 옆으로 뛰었다.

공중에 떠 있던 아이네는 날개를 크게 펼치더니 공중에서 빠르게 자세를 바꾸었다.

휘두른 촉수가 이형환위로 만들어낸 잔상을 꿰뚫고 다른 촉수가 옆으로 다가오는 이성민을 견제한다.

이성민은 창 전체로 원을 그렸다. 회전하는 란의 격류에 닿은 촉수들이 통째로 뜯긴다.

하지만 아이네의 양손은 건재하다. 그녀는 날카로운 손톱을 뻗어 이성민의 가슴을 꿰뚫으려 했다.

이성민은 눈밭을 박차 뒤로 물러서면서 내지르던 창을 회수했다.

'반응이 빨라.'

자하신공이 운용되면서 호신강기가 솟구친다. 오리하르콘으로 코팅한 마갑은 내공 소모 이상의 호신강기를 만들어냈고, 그것은 이성민이 쥐고 있는 창도 마찬가지였다.

불꽃처럼 강렬한 강기가 창 전체를 덮는다. 이윽고 그것은 천천히 잦아들어 응축된다.

"뭔지 알아."

이성민이 사용하는 강기를 보고서 아이네가 중얼거렸다. 그리고 그녀의 몸에서도 호신강기가 솟구쳤다.

"나도 할 줄 알아."

아이네가 환하게 웃으면서 말했다.

이성민은 아이네가 호신강기를 쓴다는 것에 놀라지는 않았다. 검은 심장의 기능이 무엇인지는 이성민도 잘 알지 못했지만, 이성민은 아이네가 백보신권을 사용하던 것을 기억하고 있었다. 동시에 심장이 뽑혀 죽었던 제온의 시체도 기억한다.

당시의 아이네도 까다로운 상대였지만 지금은 더욱 까다로웠다.

5년 전의 아이네는 강력한 상대이기는 했어도 여러모로 미숙했다. 싸움 자체에 익숙하지 않다는 느낌이 강했었다.

하지만 지금은 아니었다. 아이네의 공격법이나 몸놀림은 인체의 움직임을 완전히 무시하고 있었다.

팔다리가 움직일 수 없는 각도로 비틀어지고 몸에서 튀어나오는 촉수나 칼날은 변칙성이 너무 강했다.

다시 충돌한다. 강기와 강기가 서로 부딪쳐 흩뿌려진다.

아이네는 물러서지 않고 공격을 감행했다. 그녀의 등 뒤에서 튀어나온 수십 개의 촉수가 이성민을 덮친다.

이성민의 손안에서 창이 빙그르 돌았다. 구룡살생이 터져나왔다.

오리하르콘으로 만들어진 창은 이전보다 더욱 강력하고 맹렬하게 아홉의 용이 되어 아이네를 덮쳤다.

아이네의 손이 꿈틀거린다. 인체 비례에 맞지 않게 커다랗게 변한 손이 진한 강기를 머금었다.

꽈아앙!

아홉의 용이 아이네의 손과 함께 폭사했다.

오른팔이 통째로 뜯겨져 날아갔지만 아이네는 비명조차 지르지 않았다.

그녀는 오른팔을 대신하여 왼팔을 찔렀다. 찌른 손은 내지른 순간에 손이 아닌 커다란 송곳이 되었다.

이성민은 찌른 창을 회수했다가 곧바로 내질렀다. 추혼일살과 아이네의 손이 맞부딪쳤다.

빠드드득!

힘과 힘이 부딪친다. 이성민은 몸 전체에 전해지는 힘의 압박을 이겨내면서 걸음을 앞으로 옮겼다.

한 걸음, 두 걸음.

이보겁살이 펼쳐졌다. 전신을 두른 강기가 폭발하면서 폭풍을 만들어낸다. 살기가 강기로 형체화되어 아이네의 전신을 짓누르려 했다.

거기서 아이네의 단순하고 효율적인 움직임은 형(形)을 갖춘다.

그것은 완전하게 체득한 체술이고 보법이었다.

파바박!

아이네의 몸이 수십 개의 잔상을 만들며 이보겁살을 벗어났다.

그리고 흩어졌던 아이네의 잔상들이 다시 하나로 뭉친다. 그녀는 즐거운 웃음을 터뜨리면서 다시 이성민에게 뛰어들었다.

아이네의 촉수는 수십 개의 칼이었고 창이었다. 그 외에 온갖 종류의 날붙이, 그들이 갖는 예리함을 그대로 가지고 있었다.

공간 전체를 덮어오는 살기의 예리함에 이성민은 양팔에 힘을 불어넣었다.

거기서 다시 한번 구룡살생.

단전에는 넘쳐흐를 정도의 내공이 있었고 오리하르콘으로 만든 창은 가진 내공을 보다 효율적으로 쓸 수 있게 만들어주고 있었다.

이성민과 아이네가 가진 가장 큰 차이점은 몸뚱이의 질김이었다.

아이네의 몸은 아무리 파괴되어도 무리 없이 재생을 반복했지만 이성민은 아니다.

아이네야 팔이 뜯어져도 재생해 버리지만 이성민은 팔이 뜯어지면 그것으로 끝이다.

그것이 서로의 과감함에 차이를 만든다. 이성민은 중상을 피하기 위해 움직이고 아이네는 제 몸뚱이의 안위를 신경 쓰지 않는다.

지금도 그랬다. 아이네는 주저 없이 구룡살생을 향해 뛰어들었다.

콰콰콰콰!

눈밭을 휩쓸며 쏘아낸 구룡살생이 아이네의 몸을 집어삼킨다.

심장만 지키면 된다.

아이네는 5년 동안 많은 것을 학습했다.

마법만큼은 사용할 수 없었지만 많은 무공을 학습했다. 사실 그것은 학습이라기보다는 포식에 걸맞은 성장이라고 해야 할 것이다.

하지만 그런 성장 외에도 아이네는 다른 것들도 학습해 왔다.

통증도 학습했다. 이 몸을 어떻게 사용해야 효율적인지도 학습했다.

아이네의 몸은 심장의 존재로 유지되고 있다. 팔다리가 날아가도, 머리가 박살 나도 심장만 멀쩡하다면 얼마든지 재생할 수 있다.

아홉의 용이 아이네의 팔다리를 뜯어냈다. 사지를 잃은 아이네의 몸은 공중에서 휘청거리더니 등 뒤의 날개를 활짝 폈다.

순식간에 잘린 팔다리가 재생된다. 반쯤 날아갔던 머리도 마찬가지였다.

아이네는 이를 드러내며 웃더니 그 즉시 이성민을 향해 뛰어들었다.

그 순간에.

"으하하하!"

커다란 웃음소리와 함께 거대한 힘의 폭풍이 덮쳐 왔다.

그것은 아이네의 대응을 경계하던 이성민과 저돌적으로 달려들던 아이네를 물러서게 하기에 충분한 힘이었다.

둘은 흠칫 굳어서 동시에 물러섰다.

꽈아앙!!

그 주변의 눈이 모조리 증발했다.

하얗게 올라오는 수증기의 격류 사이에서 광천마가 몸을 일으켰다.

멀찍이서 지켜보다가 참지 못하고 뛰어들어 버렸다.

상관없다. 광천마는 몸 안의 피를 뜨겁게 만드는 흥분과 충동에 주저 없이 몸을 던졌을 뿐이다.

"이곳은 어디냐?"

광천마가 양팔을 펼치며 물었다. 아이네는 대답하지 않고 광천마를 노려보았고, 이성민은 광천마의 갑작스러운 등장에 가감 없이 당황을 느꼈다.

"당신은……?"

"질문한 것은 본좌다!"

광천마가 고함을 질렀다. 그것은 웅혼한 내력을 가진 거대한 사자후였다.

수증기가 죄다 흩어지고 땅이 뒤흔들렸다. 그 외침은 아이네와 이성민의 몸을 뒤흔들기에 충분했다.

"이곳이 어디냐고 물었다. 네 질문에 대한 대답을 듣고 싶거든 본좌의 질문에 먼저 대답을 해라!"

광천마가 다시 외친다. 안하무인의 태도였지만 광천마의 몸에서 솟구치는 투기는 결코 무시할 수가 없었다.

"……북쪽…… 트라비아입니다만……."

"역시 그렇군!"

눈이 쏟아지고 멀지 않은 곳에서 거대한 도시 성벽이 보이기에 짐작은 했다. 거기에 확답까지 들었으니 광천마는 흐뭇한 미소를 지으며 머리를 끄덕거렸다.

사실 그렇게 웃기는 했어도 광천마의 속내는 그리 둥글지는 않았다.

이성을 잃은 중에 이 눈 쏟아지는 북쪽의 땅까지 와버렸으니 오죽할까.

하지만 광천마는 그것을 내색하지는 않았다. 그건 그거고, 이건 이거였기 때문이다.

원래라면 그냥 이곳이 어디인지만 물어볼 생각이었지만…… 생각이 바뀌었다.

이 정도의 격한 싸움을 본다면 동하지 않던 마음도 동해버린다.

광천마는 끓어오르는 투기를 감추지 않고서 성큼거리며 앞으로 나아갔다.

"자아, 본좌랑도 놀아보자!"

그렇게 외치기는 했지만, 이성민과 아이네는 떨떠름할 수밖에 없었다. 갑자기 튀어나온 정체 모를 사내가 대뜸 투기를 발산하면서 다가오니 대체 무슨 행동을 해야 할지 알 수가 없었던 것이다.

이성민은 아이네 쪽을 힐긋 보았다. 저돌적으로 달려들던 아이네도 지금 상황에서는 행동을 개시하지 못하고 머뭇거리고 있었다.

사실 가장 당황하고 있는 것은 공중에서 사역마로 상황을 지켜보고 있는 프레스칸이었다.

조금만 더 하면 빼앗긴 심장을 되찾아 올 수 있을 것 같았는데, 갑자기 튀어나온 정체 모를 사내 때문에 모든 것이 뒤엉켜 버렸다.

"……일단 당신은 누구입니까?"

"본좌는 광천마 벽원패다!"

광천마가 사자후를 터뜨렸다.

그 외침에 이성민의 눈이 크게 떠졌다. 광천마 벽원패. 소천마, 혈천마와 함께 현 에리아에서 천마라는 별호를 가진 셋 중 하나로 꼽히는 괴물이다.

언제나 떠돌아다니고 무차별적인 학살을 벌이는 마인이라고 들었는데, 설마 그 광천마와 이곳에서 마주치게 될 줄이야.

"광천마를 만나면 도망쳐라."

몇 년 전 소림에서 남궁희원이 했던 조언을 떠올린다.

그때의 남궁희원은 광천마야말로 천마라는 별호에 어울리는 인물이라고 덧붙였었다.

아이네는 불쾌감을 느끼고 있었다. 이제야 재미있게 놀아볼 수 있을 것 같았는데, 갑자기 튀어나온 광천마가 모든 것을 망쳐 버렸다.

……아니, 그래도 괜찮다. 아이네는 두 눈 가득 살기를 담고서 몸에 담은 힘을 개방시켰다. 통제하지 않은 거대한 힘이 아이네의 몸을 집어삼켰다.

광천마가 그것을 보며 껄껄거리며 웃었다.

"좋구나!"

광천마의 외침에 화답하듯이 아이네가 앞으로 뛰었다.

광천마는 기다렸다는 듯이 펼쳤던 양팔을 아이네를 향해 내질렀다.

미증유의 거력이 꿈틀거리더니 거대한 장력이 되어 아이네의 몸을 덮쳤다.

거기까지는 아이네도 크게 경계하지는 않았다. 제 몸을 파괴하여 상대의 틈을 강제로 파고드는 것이야 익숙했기 때문이다.

하지만 다르다.

장력의 코앞에서 아이네는 그것을 뒤늦게 깨달았다.

죽는다.

이것은 몸을 던져 뚫을 만한 그런 공격이 아니다. 몸을 던져 넣는다면 그대로 박살 나 죽어버릴 것이다.

아이네는 급히 촉수를 끌어다가 앞을 향해 쏘아냈다.

광천마의 장력과 맞닿은 아이네의 촉수는 그 끄트머리부터 먼지가 되어 흩어졌다.

거기에 그치지 않고 그녀는 날개를 펼쳤고, 허리를 180도 비틀었다.

보통 인간의 관절이라면 절대로 할 수 없는 관절의 기동이었지만 아이네는 개의치 않았다. 그러고서는 주저 없이 광천마의 장력의 범위에서 벗어났다.

꽈아앙!!

폭음의 크기와 폭발의 규모는 상상 이상이었다.

광천마의 장력은 땅에 커다란 구멍을 만들었고 지진이라도 일어난 것처럼 대지를 뒤흔들었다.

[도망쳐라!]

광천마의 공격이 상상 이상의 위력을 가졌다는 것은 프레스칸도 보았다.

그는 다급한 목소리로 아이네에게 명령했다. 그 외침에 아이네는 잠깐 동안 주저했다. 광천마의 공격 위력이 상상 이상이기는 했지만 그렇다고 해서 도망칠 정도는 아니라고 판단했기 때문이다.

아직 아이네는 숨겨둔 것이 많았고, 가진 것을 모조리 끌어낸다면 광천마와도 대등한 싸움을 벌일 자신이 있었다.

[안 돼! 지금 당장 도망쳐!]

하지만 프레스칸의 명령은 흔들림이 없었다. 아이네가 숨긴 몇 수가 존재하듯이 광천마도 그럴 가능성이 크다.

게다가 경계해야 할 것은 광천마뿐만이 아니다. 애초에 아이네의 목적은 광천마와 싸우는 것이 아니라 이성민이 가진 검은 심장을 다시 빼앗는 것이다.

광천마의 심장도 욕심이 나는 것은 사실이지만, 이성민과 광천마 둘 모두를 상대해서 아이네가 살아남을 가능성은 그리 크지 않았다.

[어서!]

프레스칸이 고함을 지른다. 아이네는 입술을 잘근 씹으면서 몸을 뒤로 뺐다. 내키지 않는 일이기는 했지만 아이네도 바보는 아니었다. 지금의 상황이 그녀에게 그리 좋지 않다는 것은 스스로 판단해 행동할 수 있었다.

날개를 크게 펼친 아이네는 공중으로 뛰어오르기 전에 이성민을 힐긋 보았다.

시선이 짧게 오가고서 아이네는 하늘로 뛰어올랐다.

광천마는 뛰어오르는 아이네를 향해 장력을 날리려다가 그만두었다.

함께 놀아보자고 나이도 잊고 뛰어들었는데, 저렇게 등 돌리고 도망치는 꼴을 보니 흥이 싸늘하게 식었기 때문이다.

"흠."

광천마는 시큰둥한 신음을 흘리고서는 이성민을 홱 하고 돌아보았다.

상관없다. 도망친 년과 놀아보는 것도 재미있어 보이기는 했지만, 사실 광천마가 진정으로 흥미를 느낀 대상은 아이네가 아닌 이성민이었다.

그건 참 묘한 기분이었다. 분명 처음 보는 놈인데…… 가슴 깊이 무언가를 끓어오르게 한다.

그것은 긴 세월을 살아온 광천마에게도 낯선 감정이었다. 감정의 정체를 알 수 없었으나 광천마는 개의치 않았다.

언제 또 이성을 잃고 미쳐 날뛸지 모른다. 그때가 오기 전에 정신을 똑바로 차리고 있는 지금 이 순간을 즐기고 싶었다.

"너도 도망칠 테냐?"

"당신이 왜 싸움을 거는 것인지 모르겠……."

"우문(愚問)이로다!"

이성민이 침착하게 내뱉은 말에 광천마가 고함으로 화답했다.

그 쩌렁쩌렁한 외침은 던전에서 만났던 역발산 장득수를 떠올리게 만들었으나, 광천마의 목소리에 실린 힘은 장득수와는 비교도 되지 않았다.

남궁희원이 말했었다. 광천마는 초절정을 넘어선 초월적인 경지에 발을 디딘 무인이라고.

과연 그 말대로였다. 광천마가 내비치는 투기는 호흡조차 어렵게 할 정도로 농밀했고 안광이 번쩍거리는 두 눈은 전신의 털을 모조리 곤두서게 만들고 있었다.

"강자와 강자가 만났다. 무인과 무인이 만났단 말이다. 싸우는 것에 이유가 필요한가?!"

이성민은 이해할 수 없는 외침이었다. 그는 다시 한번 뭐라고 말을 하려고 하였으나 광천마는 더 이상 듣지 않았다.

광천마가 크게 발을 뻗었다. 그런 광천마의 움직임은 '빠르다'라고는 할 수 없었다.

단지 무거웠다.

쿠우우웅!

발구름만으로 지진이 일어난다. 흔들림을 대비한 이성민의 몸은 흔들리지 않았으나 광천마는 이성민이 선 곳을 향해 주저 없이 뛰어들었다.

아이네에게 죽음을 느끼게 만들었던 거대한 장력 대신에 광천마의 양손이 이성민의 시야를 가득 뒤덮었다.

이성민은 급히 창을 회전시키면서 광천마의 장력을 걷어내려 했다.

그러고 싶었으나.

쿠우웅!

맞닿은 충격이 이성민의 몸 안을 뒤흔들었다. 직격당한 것도 아니고 공격을 걷어내려 했을 뿐인데도 내장을 뒤흔든다.

공격의 무게만을 따지고 본다면 광천마의 장력에 실린 힘은 위지호연의 도플갱어 이상이었다.

[이건…….]

허주가 놀란 소리를 낸다. 놀란 것은 이성민도 마찬가지였다. 내가중수법으로 몸 안에 스며들어 온 광천마의 장력은 이성민의 내장을 흔들기는 했지만 파괴하지는 못했다.

단전 깊은 곳에 고여 있는, 이성민의 것이 아닌 허주의 요력이 꿈틀거리며 반응했다.

[도망치지 마라. 사로잡아!]

허주가 급히 외쳤다.

[저 새끼, 뭔데 내 요력을 쓰고 있는 거야?!]

허주가 성난 목소리로 고함을 질렀다.

이성민에겐 허주의 외침도 당황스러웠고, 광천마의 공세도 당황스러웠다.

광천마가 허주의 요력을 사용하고 있다는 것의 이유는 알 수 없었으나 짓누르는 공격이 무겁다.

이성민은 숨을 삼키면서 전신 근육에 힘을 주었다.

투우웅!

맞닿아 있던 창과 손이 밀려난다.

"흐음!"

광천마의 눈썹이 꿈틀거렸다. 그는 이성민이 겉으로 보는 것과는 다르게 굉장히 심후한 내력을 가지고 있다는 것에 감탄했다.

단지 그것뿐만은 아니다.

'뭐야, 이건……?'

기와 기가 충돌했을 때 이쪽으로 전해져 오는 느낌이 기묘하기 짝이 없다.

반탄강기라고 생각했는데 그것도 아니다.

다양한 종류의 내공을 접해온 광천마였지만, 여태까지 광천마와 싸워온 무인 중에서 이렇게까지 기묘하고 인상적인 내공을 가진 놈은 단 한 명도 없었다.

"좋구나!"

그렇다고 해서 광천마가 주저한 것은 아니었다. 오히려 그는 커다란 웃음을 터뜨리며 전신으로 호신강기를 터뜨렸다.

그 강렬한 호신강기의 출력에 이성민은 놀라서 뒤로 물러설 수밖에 없었다.

"와라!"

광천마가 고함을 지른다.

그렇게 외친 주제에 먼저 뛰어온 것은 광천마 본인이었다.

전신에 호신강기를 두른 광천마는 무시무시한 속도로 움직이는 폭력 자체였다.

이성민은 주저하지 않고 구천무극창의 오초인 절명섬을 펼쳤다.

보이지 않는 극쾌의 죽음이 광천마의 중심을 꿰뚫는다.

아니, 꿰뚫을 것 같았다.

광천마는 커다란 웃음을 터뜨리더니 가슴 앞으로 끌어온 오른손을 강하게 내뻗었다.

꽈아앙!

폭음이 울리며 일수와 일수가 교환된다. 공격을 나눔을 통해, 이성민은 광천마가 초월적인 경지에 도달해 있는 무인이라는 것을 깨달았다.

아이네와의 싸움에서는 상당한 여유를 두고 그녀에게서 승리를 거둘 자신이 있었으나 광천마에게는 아니었다.

설원에서 주원과 마주쳤을 때, 트라비아에서 제니엘라와 만났을 때, 그리고 던전에서 위지호연의 도플갱어와 만났을 때.

강적을 앞두고 느꼈던 긴장과 어렴풋한 죽음의 예감이 이성민의 감각을 달구었다.

[저 개새끼!]

이성민의 머릿속에서는 허주가 버럭버럭 고함을 질렀다.

[어디서 굴러온 말 뼈다귀 같은 새끼가 내 요력을!]

허주는 진심으로 분노하고 있었다.

허주가 가지고 있던 어마어마한 요력은 그가 토벌대와의 전투 끝에 무릎 꿇고 육체를 잃어 봉인당하면서 흩어져 버렸다.

허주는 그것이 육체와 함께 소멸한 것이라고 생각했었으나, 광천마가 사용하는 힘은 틀림없는 허주의 요력이었다.

다른 누구도 아니고 허주 본인이 자신의 요력을 알아보지 못할 리가 없었다.

[죽이지는 마라. 놈을 잡아서 추궁해야 해!]

'무책임한 말 좀 집어치워……!'

이성민은 이를 악물고서 머릿속으로 내뱉었다.

죽이지 말라고?

그럴 만한 상황이 아니다. 광천마가 내뿜는 투기와 호신강기의 밀도는 죽이지 말고 제압하기는커녕 이성민 본인을 죽여 버릴 정도로 위협적이었다.

이성민은 허주의 외침을 무시하고 창을 내질렀다.

수십 개로 분영한 분뢰추살이 광천마의 눈앞을 어지럽혔다.

"잡기(雜技)!"

광천마가 외침을 토했다.

그는 구천무극창의 현란한 창술을 잡스럽다고 폄하하면서 쌍장을 내질렀다.

분뢰추살의 창영이 모조리 박살 났다. 이성민은 발 빠르게 두어 걸음 물러선 뒤에 다시 앞으로 튀어 나갔다.

일보무흔과 일보무영이 섞인다. 수십 개의 잔상이 광천마의 시야를 어지럽히면서 이성민 본인은 잔상 속에 잔상을 남기고 광천마의 옆을 찔렀다.

"허튼수작!"

광천마는 이성민이 펼치는 무공을 볼 때마다 추임새를 넣듯이 외쳤다.

그렇게 말하는 주제에 광천마의 표정은 즐거웠다.

주화입마 이후로 '스스로' 강적을 앞두고 싸우는 것이 얼마 만이던가? 이성을 잃지 않고 본인의 의지로 싸우는 것이 얼마 만이던가.

광천마는 미친 듯이 웃음소리를 흘리면서 양팔을 들어 올렸다.

'위험……!'

추혼일살로 광천마의 옆구리를 찌르려던 이성민은 위험을 직감했다.

그 판단은 옳았다.

광천마를 중심으로 시뻘건 강기가 폭발했다. 그것은 광천마 본인을 보호하는 호신강기이면서 다가오는 자들을 모조리 쓸어버리는 강기의 폭풍이었다.

"판단이 좋구나!"

광천마는 껄껄거리며 이성민을 향해 홱 하고 오른손을 뻗었다.

그를 마주하고서 이성민의 양손에 쥔 창이 맹렬한 회전을 시작했다.

빠아아앙!

공기를 찢어발기며 쏘아진 찰이 광천마의 오른손을 뒤로 밀어냈다. 이성민은 내지른 창을 품 안으로 회수하면서 허리를 비틀었다.

뭉툭한 창준이 광천마의 얼굴을 노린다.

광천마는 상체를 크게 뒤로 젖히는 것으로 그 공격을 피해냈다.

양손으로 땅을 짚은 광천마는 그대로 몸을 한 바퀴 돌리더니 이성민을 향해 다리를 휘둘렀다.

이성민은 기겁하여 걸음을 뒤로 빼어 광천마의 발길질을 피해냈다.

장법만 능한 줄 알았더니 임기응변과 체술 자체에 능하다. 하긴, 이렇게 강하지 않았더라면 천마라는 별호를 가지지도 못했으리라.

'천마라는 놈들은 다 괴물뿐인가……!'

소천마 위지호연, 광천마 벽원패. 혈천마는 아직 만나본 적이 없었지만 소천마와 광천마가 이리도 강하니 혈천마라는 인물이 얼마나 강할지 상상이 잘 되지 않았다.

[뭐 하는 거냐! 내 요력을 써!]

'닥쳐……!'

허주의 외침에 이성민은 급히 대답했다. 요력은 꺼림칙한 힘이다. 사용 시의 반동도 커서 함부로 쓰고 싶지 않았다.

이성민은 란과 나의 수법으로 광천마의 쌍장을 걷어낸다. 직격당한 것도 아닌데 손이 저릿거린다.

이성민은 아낌없이 내공을 쏟아냈다. 던전에서 대환단과 마석을 흡수한 덕에 이성민이 사용할 수 있는 내공의 양은 광천마와 비교해서도 크게 부족하지 않았다.

'이놈 봐라……?'

힘 대결을 하자는 것인가.

광천마는 칠성 공력을 담은 쌍장을 내지르며 이성민의 대응을 살폈다.

구룡살생이 펼쳐진다. 광천마는 양팔에 덜컥하고 실려오는 저항감에 눈을 부릅떴다.

그는 주저 없이 공력을 더 쏟아냈다.

콰아아앙!

둘 사이에서 거대한 폭발이 일어났다. 이성민은 폭발의 충격을 피해 스스로 물러섰고, 광천마 역시 양손을 거두었다.

"네놈이 소천마냐?"

광천마가 내뱉었다.

"그 유명한 소천마가 네놈이냐? 즐겁기는 하지만 이해가 안 되는군. 그리 늙어 보이지도 않는데 이만한 공력과 무공을 가지고 있다니…… 아니면 반로환동한 놈인가?"

"소천마도 아니고 반로환동하지도 않았습니다."

광천마가 말을 걸어오니 이때다 싶었다. 솔직하게 말하자면 이성민은 더 이상 광천마와 싸우고 싶지 않았다.

아낌없이 내공을 퍼부어 대는 이성민과는 다르게 광천마는 아직 여유가 남아 보였다. 이대로 싸움을 계속했다가는 허주의 요력을 빌려야 할 텐데, 이성민은 그러고 싶지 않았다.

"나는 더 싸우고 싶지 않습니다. 싸워야 할 이유도 못 느끼겠고. 그러니 이쯤 해서……."

"말도 안 되는 소리!"

이성민의 말이 채 끝나기도 전이었다. 광천마가 더는 듣고 싶지 않다는 듯이 버럭 고함을 질렀다.

단순히 외친 것만이 아니라 광천마는 발을 크게 들어 땅을 내리찍었다.

이미 이 공간의 눈은 모조리 증발해 버려서 광천마의 한 걸음에 땅이 쩍하고 갈라지며 파편이 튀어 올랐다.

광천마는 양손을 크게 휘둘러 허공을 때렸다. 그러자 떠 있던 파편들이 시뻘건 강기에 먹히더니 그대로 이성민을 향해 포탄처럼 쏘아졌다.

이런 식으로 강기를 쓸 수도 있구나.

광천마의 수법은 매서웠지만 이성민은 솔직하게 감탄할 수밖에 없었다.

그만큼 강기를 다루는 광천마의 수법은 수준이 높았다.

어떻게 대응해야 할까.

그것은 즐거우면서도 두려운 고민이었다.

머릿속에서 허주가 뭐라고 외치고 있었지만 이성민은 더 이상 허주의 말에 귀를 기울이지 않았다.

광천마를 설득하고자 하는 것도 그만두었다.

2100년 동안 정신세계에서 했던 수행. 그 지옥 같고, 좆 같던. 단지 기계처럼 무공을 펼치고 수정하고 고뇌하고.

왜 그랬을까.

얼마든지 도중에 그만둘 수 있었다. 그럼에도 붙잡고 있던 이유는?

포기하고 싶지 않아서? 약하게 남고 싶지 않아서?

무공이 좋아서.

전방으로 폭사한 창끝이 파편을 격추시킨다.

이성민은 어지럽게 보법을 밟아가며 광천마를 향해 뛰어들었다.

광천마는 이성민이 품 안으로 날 듯이 들어오자 즐거워졌다. 그는 양팔을 크게 펼치며 마중이라도 하는 것처럼 이성민을 반겼다.

호흡이 끊긴다. 조금의 실수가 틀림없는 죽음으로 이어질 공격을 받아넘긴다.

흘리고, 방어하고, 밀치고, 멀어지고, 파고든다.

광천마는 양손을 바쁘게 움직이면서 이성민의 공격을 받아 넘겼다.

이성민의 창은 직선과 곡선을 자유자재로 바꾸어 가며 광천마의 틈을 노렸으나, 광천마가 두른 호신강기와 빠른 발, 그리고 큼직한 손은 이성민이 이득을 보는 것을 철저하게 배제했다.

'어디를 보는 거지?'

광천마는 이성민의 눈을 들여다보았다. 마주해서 싸우는 것은 틀림없는 나 자신. 그러나 이성민의 눈은 광천마가 아닌 그 너머를 보고 있는 것만 같았다. 광천마는 그것조차 즐거웠다.

'생사결 중에도 먼 곳을 보느냐. 하하! 대체 얼마나 대단한 놈을 그리고 있는 것이지?'

그것은 이성민 본인도 알 수 없었다.

내가 보고 있는 것은 위지호연인가? 아니면 그보다 더한 괴물인가.

어쩌면 뱀파이어 퀸인 제니엘라일지도 모르고, 광랑 주원일지도 모른다.

사실 누구라 해도 좋았다. 이성민이 광천마를 통해 투영하고 있는 것은 절대적인 강자였고, 이성민은 그 대적(大敵)을 뛰어넘고 싶었다.

허주는 침묵했다. 사실 마음만 먹는다면 허주는 얼마든지 이성민에게 요력을 더해줄 수 있었다.

던전에서 위지호연의 도플갱어와 싸울 때처럼 허주가 직접 나서서 요력을 뿜어낸다면 무엇이든지 먹어 치우려 드는 이성민의 몸뚱이는 그 요력을 삼킬 것이다.

그러나 하지 않는다. 허주는 침묵을 계속했다.

살 떨리는 공방. 유리한 것은 광천마다. 이성민은 전력을 다하고 있었으나 광천마는 아직 여유가 있다.

몇십 년 동안 에리아에서 천마로 군림해 온 것이 바로 광천마 벽원패다. 소천마가 에리아에 오기 전부터, 그리고 또 혈천마가 에리아에 오기 전부터 광천마는 에리아에서 천마로 살아왔다.

그 둘이 있기 전에는 광천마야말로 에리아 유일의 천마라고 할 수 있었다.

'놈은 강하다. 얼마나 여력을 두고 있는 것인지는 모르겠지만 그 계집의 도플갱어보다 강해.'

불과 반년 전의 이성민은 위지호연의 도플갱어를 상대로 고전을 면치 못했다. 허주의 도움이 없었더라면 그 던전에서 죽었을 것이다.

하지만 지금은 어떤가.

'지금'의 이성민은 위지호연 도플갱어 이상의 강함을 가진 광천마를 상대로, 비록 광천마가 여유를 두고 있다고는 하여도 밀리지 않고 맞서고 있다.

'성장 속도가 어마어마해. 아니, 이건 성장 속도라고 할 수 없겠지. 이미 겪은 것을, 왔던 길을 빠르게 돌아가고 있을 뿐이다.'

놀라웠다. 허주는 이성민에게 모든 이야기를 들었다. 이성민이 시간의 신인 데니르에게서 2100년의 미치광이 수행을 받았다는 것도 안다.

솔직히 그 이야기를 들었을 때, 허주는 내심 웃을 수밖에 없었다.

2100년이라는 시간을 갈아 넣었음에도 고작해야 그 수준이란 말인가!

진정한 재능을 가진 천재라면 이성민이 2100년이라는 시간을 들여 도달한 무위에 닿는 것에 100년…… 아니, 50년도 걸리지 않을 것이다.

그렇다고는 해도, 그 2100년.

정신세계라고는 해도 2100년이라는 시간은 결코 얕지 않다. 그 근원을 알 수 없는 집념은 경악스러울 정도다.

무아(無我)가 지금인가. 이것이 무아인가.

아니다. 의식은 또렷하다.

나 자신이 무엇을 하고 있는 것인지 확실하게 자각하고 있다. 다만 그것은 평소보다는 위화감이 짙다.

비유하자면…… 한 걸음 뒤에서, '내'가 어떻게 움직이는 것인지 보고 있는 기분이었다.

'그래서는 안 돼.'

이성민은 스스로에게 지적했다. 찰나를 쪼개어 나누고 그 파편 사이사이에 이어지는 공방.

의식과 무의식을 모조리 사용해 공격과 방어와 회피 등, 모든 반응을 통제한다.

뇌가 타버릴 것만 같았다. 어쩌면 실제로 그렇게 되고 있는지도 모른다.

'거기서는 방어가 아니야. 조금 더 앞으로…….'

몸은 움직이고 있다. 하지만 정신의 일부분은 뒤로 물러서서 공방을 보고 있다.

훈수를 둬본다. 하지만 훈수가 전해지는 것이 늦어서 몸은 이미 방어를 해버린다.

답답하다. 더 잘할 수 있는데. 더 자연스럽게. 아니야, 아니야, 아니야.

이성민은 스스로에게 계속해서 쏘아붙였다. 어느새 이성민의 입술은 달싹거리며 '아니야'라는 말을 육성으로 내뱉고 있었다.

'뭐가 아니라는 거냐.'

광천마는 의문을 품는다. 하지만 그것을 물을 수는 없다. 8성 공력으로도 슬슬 안 된다는 느낌이 든다.

'놀라운 놈이로군. 본좌와 싸우는 중에도 성장하고 있어…… 아니, 이게 성장인가?'

생사결 도중에 심득을 얻는 놈들, 많이 보아왔다.

하지만 갑작스러운 심득이라고 해서 절대적으로 우위에 서게 하는 것은 아니다.

심득이라는 것은 애매하고 빠르게 스쳐 지나가는 것.

순간 얻은 심득을 통해 상대를 절명시키지 않는 한 갑작스레 얻은 심득은 오히려 심, 기, 체의 조화를 깨뜨려 버린다.

그렇게 되면?

죽음뿐이다. 살초와 살초를 쉼 없이 나누는 생사결 중에 얻은 심득은 그러한 양날의 검이다.

그런데 놈은 어떤가.

'이건…… 심득이 아니야. 그냥 강해지고 있는 거다. 대체 어떻게?'

광천마는 모른다. 이성민이 정신세계에서 보낸 2100년을,

이성민이 그곳에서 도달한 무위를.

지금의 육체가 너무 약해서. 심, 기, 체가 어그러진 육체가 정신세계에서 한 수행의 결과를 올곧이 받아내지 못하고 있음을 모른다.

'안 되겠군. 조금 더 힘을…….'

차라리 처음부터 극성 공력으로 몰아쳤더라면 이런 상황에 처하게 되지 않았을지도 모른다.

광천마는 공력을 북돋웠다.

광천마 정도의 고수라면 공방 중에 내공을 더하는 것 정도는 문제 되지 않는다. 그것으로 인해 '틈'은 만들어지지 않는다.

하지만 이성민은 광천마의 '틈'을 보았다.

'앞으로.'

관조 중에 내지른 외침이 육체에 닿았다.

이성민의 발이 앞으로 뻗어진다. 그것은 곧바로 무영탈혼의 삼식인 이보겁살로 이어진다.

전신에서 폭사한 강기가 광천마를 위협한다. 광천마는 그 기묘하기 짝이 없는 강기의 흐름에 당황하면서도 최적의 대응을 했다.

유유하게 흐른 손길이 강기의 파도를 받아넘긴다. 그것을 완만하게 돌려 흩뿌리려 할 때, 이성민의 손에서 창이 회전했고, 내지른 창이 길을 만든다.

구천무극창의 육초, 공도.

광천마가 휘두르던 강기가 공도의 회전에 휘말려 팡 하고 흩어졌다. 일직선으로 뚫린 길을 향해 이성민의 창이 쏘아졌다.

"허억!"

광천마가 놀란 소리를 냈다. 더 이상 여유를 둘 수는 없었다. 광천마는 절체절명의 순간에서 가슴 앞으로 손을 모았다.

단전의 내공이 모조리 끌려 나오면서 광천마를 중심으로 거대한 회오리가 몰아쳤다.

혈환신마공(血環神魔攻) 오의(奧義), 혈환광풍(血環狂風).

광천마에게 광천마라는 별호를 붙여준 혈환신마공 최고의 초식이 펼쳐졌다.

강기의 폭풍이 서로 이어져 고리를 만든다. 그것이 수십 개로 늘어나더니 하나로 이어진다. 맹렬하게 회전하는 수십 개의 고리가 사방을 휩쓴다.

양손을 치켜들고서 혈환광풍의 중심에 서 있던 광천마는 내심 아차 싶었다.

'죽일 생각은 없었는데…….'

단지 흥겹게 싸워보고 싶었을 뿐이다.

둘이 나눠온 공방이 스치는 것으로 끝나지 않을 정도로 강맹하기는 하였어도, 광천마가 끝까지 여유를 두고 있었던 것은 살초를 살초가 아니게 거두기 위함이었다.

하지만 지금은 아니다. 이미 늦어버렸다.

광천마는 혈환신마공의 오의인 혈환광풍을 펼쳐 버렸고, 이 죽음의 폭풍은 이성민을 갈기갈기 찢어 수백 조각의 육편으로 만들어버릴 것이다.

여태까지 혈환광풍이 펼쳐졌을 때에는 언제나 그런 결과가 만들어졌다.

'아깝군. 그 무공…… 이대로 죽이기에는 너무 아까워. 10년만 더 흘렀어도 지금과는 비교도 할 수 없이 강해졌을…….'

광천마의 탄식이 멈춘다. 그는 몰아치는 광풍 속에서 쏘아지는 예리한 살의를 느꼈다.

착각이 아니었다.

푸확!

광풍의 외곽에서 뚫고 들어온 일직선의 창로가 길을 연다. 공도, 구천무극창의 육초가 혈환광풍의 외곽을 뚫어버린 것이다.

'말도 안 돼!'

광천마는 기겁하여 양손을 움직였다. 광풍의 흐름이 거세지며 뚫린 부분을 메운다.

하지만 공도로 만들어낸 일직선의 길은 곧바로 메워지지 않았다.

열어놓은 길을 통해 구룡살생이 뿜어진다. 하지만 그 아홉 마리의 용은 혈환광풍을 정면으로 뚫지 못했다.

틈이 메워지기 전, 광천마는 이성민을 보았다.

당장에라도 고꾸라질 것 같은 미치광이의 바람 속에서 이성민은 창을 쭉 뻗고 있었다.

헐떡거리는 호흡과 차갑게 가라앉은 눈. 어디를 보는 것인지 알 수 없던 그 눈은 어느새 광천마를 직시하고 있었다.

"……하하!"

광천마가 웃었고, 혈환광풍이 폭발했다. 흩어진 붉은 강기는 안개가 되어 사방으로 퍼져 나갔다.

광천마는 붉게 물든 하늘을 가만히 올려 보다가 시선을 내렸다.

멀지 않은 곳에서 이성민이 쓰러져 있었다. 혈환광풍을 정면으로 받았음에도 이성민의 사지는 멀쩡했다.

아무리 갑옷을 입었다고는 해도 이 정도로 거센 강기공의 중심에 있었다면 내가중수법에 의해 내장이 터졌어야 한다.

광천마는 당연히 그럴 것이라고 생각했다.

"아까운 녀석을 죽여 버렸구나."

광천마는 그렇게 중얼거리면서 이성민에게 다가갔다.

흥미와 욕심으로 싸움을 걸기는 했지만 이성민을 죽이게 된 것에 광천마는 조금의 안타까움을 느꼈다.

죽은 사람을 다시 되살릴 방법 같은 것은 존재하지 않는다. 하지만 시체라도 수습해 주고 싶었다.

광천마가 몇 걸음 다가갔을 때였다. 이성민의 몸이 크게 들썩거렸다.

살아 있었다는 말인가?

광천마의 눈이 움찔 떨렸다. 들썩거리던 이성민의 몸의 떨림이 잦아든다. 그리고 갑자기 이성민은 벌떡 몸을 일으켰다.

"이 무슨……."

혈환광풍을 정면으로 맞고도 상처 하나 없다고?

광천마의 입이 쩍 벌어졌다. 하지만 오래지 않아 광천마는 아까부터 느끼고 있던 기묘한 '위화감'이 갑작스레 짙어졌음을 깨달았다.

입을 벌렸다.

아, 아.

그런 식으로 목소리를 내던 이성민은 홱 하고 몸을 돌렸다.

광천마는 부릅뜬 눈으로 이성민의 두 눈을 마주 보았다.

다르다……. 너무나도 다르다. 방금까지 공방을 나누었던 놈과 동일인이란 말인가.

타오르는 불꽃을 통째로 박아 넣은 것 같은 저 눈동자가 과연 인간의 것이란 말인가?

"……우윽……."

가슴속이 꿈틀거린다. 광천마는 정신이 아찔해지는 것을 느끼며 비틀비틀 뒤로 물러섰다. 심장이 쿵쾅거리며 세차게 뛰고 전신의 털이 곤두선다. 광천마는 자신이 느끼고 있는 감정을 알지 못하여 당황했다.

"시건방진 새끼……."

이성민은 입술을 짓이겨 씹고서 내뱉었다. 그 목소리는 이성민의 것이었으나 이성민이 낸 소리가 아니었다. 정신을 잃은 이성민을 대신하여 허주가 몸뚱이를 차지한 것이다.

그 증거로 이성민이 입은 마갑에서는 불길한 자색의 요력이 꿈틀거리면서 새어 나오고 있었다.

"너한테 묻고 싶은 것이 많다."

허주가 내뱉었다.

광천마는 식은땀을 삘삘 흘리면서 이성민의 몸을 차지한 허주를 노려보았다.

허주는 설명하지 않았지만 광천마는 본능적으로 알았다. 저것이 이전과는 전혀 다른 인물이라는 것을.

허주는 이쪽을 노려보고 있는 광천마를 향해 성큼거리며

다가갔다.

그는 오른손에 쥔 창을 힐긋 보더니 미련 없이 그것을 내려 놓았다. 본래 그는 창을 사용하지 않기 때문이었다.

허주의 전신에서 요력이 폭사했다. 그것은 이성민이 사용하던 호신강기보다 훨씬 불길했고 호신강기와 비교도 할 수 없을 정도로 난폭했다.

뒷걸음질 치던 광천마의 얼굴이 일그러진다. 대체 무슨 일이 벌어진 것인지는 광천마 본인도 알 수가 없었으나, 그는 지금 자신이 느끼고 있는 감정에 분노했다.

"놈!"

광천마가 고함을 지르면서 앞으로 달린다. 맨손으로 성큼거리며 나서던 허주는 천천히 오른손을 들어 올렸다.

쿠오오오!

어마어마한 요력이 허주의 오른손을 휘감았다.

이성민의 몸은 받아내지 못했던 요력이지만 지금은 아니었다. 허주가 이성민의 몸을 장악하면서 그의 요력은 아무 문제없이 허주의 의지에 따라 사용되고 있었다.

광천마는 고함과 함께 쌍장을 내질렀다. 혈환신마공이 극성으로 발휘되면서 붉은 폭풍을 만들었다.

허주는 몰아치는 강기의 폭풍을 향해 비웃음을 흘리더니 오른손을 휘둘렀다.

그것은 아무런 기교 없이 대충 휘두른 것처럼 보였으나, 허주의 손을 휘감고 있던 요력이 끈적하게 늘어지더니 혈환신마공의 폭풍을 모조리 찍어 눌러 버렸다.

"허억!"

두 눈앞에서 벌어진 일에 광천마가 비명을 터뜨렸다.

그렇다고는 해도 광천마는 물러서지 않았다. 그는 두 눈을 부릅뜨고서 연이어 무공을 펼쳤다.

광천마가 선택한 무공은 이성민을 쓰러뜨린 혈환신마공의 오의, 혈환광풍이었다.

붉은 강기가 넘실거리며 일어나더니 고리와 고리를 만든다. 이윽고 그것은 거대한 소용돌이가 되었다.

허주는 위협적인 혈환광풍을 향해 성큼성큼 나아갔다. 허주의 몸을 덮은 요력이 연기처럼 위로 솟구치더니 크게 확장되었다.

꽉 쥔 오른 주먹을 앞으로 한 번 던졌을 때, 혈환광풍이 박살 났다.

입을 쩍 벌린 광천마를 향해 허주는 앞으로 달렸다. 순식간에 광천마의 앞으로 뛰어온 허주의 손이 광천마의 멱살을 잡았다.

꽈아앙!!

곧이어 광천마의 몸이 땅에 내리꽂혔다.

"어디서 난 것이냐?"

"커흐윽!"

광천마의 몸을 땅에 처박은 허주가 으르렁거리며 내뱉었다.

광천마는 혼미해진 정신을 붙잡고서 발버둥 쳤으나 허주는 광천마를 놓아주지 않았다.

"네가 쓰는 힘. 내 요력. 그것을 대체 어디서 손에 넣은 것이냐?"

"무슨…… 말을……."

"모르는 척하지 마라!"

허주가 고함을 질렀다. 동시에 광천마를 잡은 허주의 손에서 요력이 꿈틀거리더니 광천마의 몸 안으로 빨려 들어갔다.

그러자 광천마의 입이 쩍 벌어졌다. 몸 안으로 들어온 요력은 보통의 인간이라면 결코 받아낼 수가 없다.

인간의 몸뚱이는 요괴의 것과는 판이하게 다르고, 요괴의 요력이라는 것은 피와도 같은 것이다. 다른 종류의 피를 몸 안에 받으면 죽게 되듯이, 요력도 똑같다.

하지만 광천마는 아니었다. 온몸이 찢어질 것 같은 고통을 느끼면서도 광천마는 죽지 않았다. 그는 입을 쩍 벌려 소리 없는 비명을 질렀다.

허주는 발버둥 치는 광천마의 몸을 붙잡고서 계속해서 요력을 밀어 넣었다. 그러자 광천마의 단전 깊은 곳에 있는 무언가가 반응했다.

"끄으으……!"

광천마의 눈이 뒤집힌다.

새하얗게 물든 두 눈이 시뻘건 빛에 젖어갔다. 단전 깊은 곳에 있는 요력의 정수가 허주의 요력에 의해 깨어났다.

광천마가 겪고 있는 주화입마와 광증은 단전 밑바닥에 있는 요력에 의한 부작용이었다.

광기에 물든 광천마가 이 먼 북쪽 트라비아까지 쉼 없이 달려온 이유가 바로 이곳으로 향하는 허주의 존재 때문이었던 것이다.

"네놈이 이 녀석의 귀인이었던가."

허주가 어이가 없다는 얼굴을 하면서 내뱉었다.

광기에 물든 광천마는 언제나 주변 모든 것을 다 죽여 버리는 학살을 해왔었으나, 지금의 광천마는 아니었다. 그는 광기에 정신을 넘겼음에도 이성민의 몸을 장악한 허주를 응시하고 있었다.

허주는 그런 광천마의 눈을 들여다보면서 헛웃음을 흘렸다.

"대체 무슨 일이 있었던 것……."

이해할 수 없어 내뱉던 허주의 중얼거림이 우뚝하고 멈추었다.

홱 하고 솟구친 손이 목을 붙잡는다. 그렇게 행동한 것은 허주의, 아니, 이성민의 손이었다.

허주는 목을 죄여오는 우악스러운 손아귀 힘을 느끼면서 미간을 찡그렸다.

'이 미친놈……!'

이성민이다. 의식을 잃었던 이성민이 정신을 차리고서 허주가 장악하고 있는 몸을 다시 되찾으려 들고 있는 것이다.

그것에 허주는 당황할 수밖에 없었다. 이성민의 정신력이 다른 인간보다 훨씬 강하다는 것이야 이미 알고 있었지만, 설마 이렇게 육체를 완전히 장악한 상태에서도 영향력을 보일 줄이야.

"아니, 이 어르신이 네놈의 몸을 빼앗으려 한 것이 아니라. 상황이 상황이다 보니 어쩔 수 없……."

허주가 빠르게 내뱉었지만 이성민은 허주의 말을 듣지 않았다.

목을 죄어오는 손의 힘이 거세어진다. 결국에는 자기 자신의 몸뚱이임에도, 이성민의 손은 제 목을 죄어 부러뜨리기라도 할 것처럼 강한 힘을 끌어내고 있었다.

"알았다. 알았어!"

허주는 결국 그렇게 내뱉고서 이성민의 몸에서 물러섰다.

이성민의 몸을 휘감고 있던 요력이 마갑으로 빨려 들어가자 붉게 타오르던 이성민의 두 눈이 제 색을 되찾았다.

"허억!"

이성민은 목을 움켜잡고 있던 손을 내리면서 거친 숨을 몰아쉬었다.

전신의 감각이 드문드문 끊기는 것 같았고 온몸이 욱신거리고 있었다.

거기에 방금 전까지 강하게 목을 쥐고 있던 탓에 호흡까지 가쁘다.

숨을 몰아쉬던 이성민은 아찔한 두통을 느끼면서 그 자리에 털썩 주저앉았다.

[개새끼…… 생명의 은인도 알아보지 못하고!]

"알아."

이성민은 답답한 목을 어루만지며 내뱉었다.

이번에도 허주의 도움이 있었음은 안다. 혈환광풍에 휘말렸을 때, 그 미세한 틈을 꿰뚫은 것은 이성민의 능력이었으나, 그 이후에 혈환광풍이 폭발했을 때에는 허주가 요력을 꺼내 이성민의 몸을 보호해 주었다.

그렇기에 정신을 잃는 것에 그쳤던 것이지, 그 강맹한 강기의 폭풍을 정면으로 받아냈었다면 몸이 산산이 조각났었을 것이다.

"그건 그거고…… 이건 이거지."

이성민은 바닥에 털썩 주저앉으며 대답했다.

허주의 도움으로 목숨을 부지하기는 했지만 그렇다고 해서 허주가 멋대로 몸을 빼앗아 움직인 것은 용서할 수가 없었다.

단지…… 이성민은 씁쓸한 눈으로 자신의 손을 보았다.

이성민이 정신을 차린 것은, 허주가 손짓 한 번으로 혈환광풍을 박살 냈을 때였다.

그것을 해낸 것은 이성민 본인의 몸이었는데…… 같은 몸이라고 해도 허주가 보여준 수법은 이성민이 결코 흉내 낼 수 없을 정도로 수준이 높았다.

그 강렬한 요기. 혈환광풍의 고리가 이어지는 그 극히 짧은 찰나에 힘을 밀어 넣어 강제로 연결을 끊어내는 수법.

이성민이 느끼는 감정에 공감한 허주가 이죽거렸다.

[요괴가 된다면 네놈도 할 수 있다.]

이성민은 그 말을 무시했다.

이성민은 한숨을 쉬면서 광천마를 힐긋 보았다. 격발된 요기에 정신을 잡아먹힌 광천마는 난동을 부리지 않고 정신을 잃은 채 누워 있었다.

"……대체 뭐지?"

[이 어르신도 모르겠군. 하지만 저놈이 쓰는 것은 틀림없이 내 요력이었어. 놈의 단전 깊은 곳에…… 내 요력의 정수가 있

다. 400년 전에 봉인되면서 힘의 일부가 소멸한 것이라고 생각했는데, 그게 아니었던 모양이야.]

허주는 그렇게 말하고서 잠깐 동안 침묵했다.

[이 어르신이 보기에는 저 망나니 새끼야말로 네가 북쪽에서 만나게 될 귀인인 것 같다. 놈은 인간으로 있으면서 요력을 다루고 있다. 그 부작용으로 정신이 가끔 맛이 가는 모양인데…… 그렇다고는 해도 인간임을 유지하면서 요력을 다룬다는 것은 대단한 일이야.]

이성민은 아무런 말도 하지 않고 허주의 말을 잠자코 들었다. 그런 이성민을 향해 허주가 계속해서 말했다.

[저 망나니 새끼가 어떻게 인간이면서 요력을 다루는 것인지 알 수 없으나, 네가 저 망나니의 방법을 배운다면 저 망나니보다 훨씬 잘 사용할 수가 있을 것이다. 요괴가 되지 않으면서 요력을 쓸 수 있게 될 것이고. 내 힘의 일부를 가진 저 망나니와는 다르게 네놈에게는 이 어르신이 직접 연결되어 있으니까.]

"……으으……."

허주의 말이 끝나가는 시점에서 광천마가 낮은 신음을 흘렸다.

[우선 놈의 말을 들어봐라.]

광천마가 번쩍 눈을 떴다.

눈을 뜬 광천마는 잠깐 동안 아무런 말도 하지 않았다.

멀뚱히 하늘을 올려 보던 광천마는 자신이 광기에 몸을 맡겨 이성을 잃고 있었음을 깨달았고, 그 후로 얼마간의 시간이 흘렀는지 알지 못했다.

끔벅거리던 눈동자가 이성민에게 향하고 나서야 광천마는 완전히 정신을 차렸다.

"허억!"

광천마가 기겁하는 소리를 내면서 허리를 튕겨 올렸다.

비틀거리며 물러선 광천마는 경계심이 가득한 태도로 이성민을 보았다.

정신을 잃기 직전의 기억은 또렷하다. 광증에 몸을 맡기긴 했어도 그리 오랜 시간도 흐르지 않았으니 당연한 일이었다.

광천마는 손짓 한 번으로 혈환광풍을 파훼하고 두 눈을 번뜩거리며 목을 죄어오던 이성민을 기억하고 있었다.

"……아니, 다르군……."

그때의 이성민과 지금의 이성민이 동일 인물은 아니다.

광천마는 이성민의 눈동자와 흘러나오는 기도를 통해 그것을 눈치챘다.

하지만 그렇다고 해서 경계를 완전히 누그러뜨릴 수는 없었다. 언제 또 그 알 수 없는 괴물 같은, 그리고 또 두려운 기운이 자신을 덮쳐 올지 알 수 없었기 때문이다.

"너는…… 대체 뭐냐? 대체 뭐 하는 놈이길래……."

광천마가 더듬거리며 질문했다. 이성민은 그 말에 대답하지 않고서 몸을 돌렸다.

그는 허주가 내려놓았던 창을 다시 주워 들고 광천마에게 다가갔다.

"조금 진정이 되십니까?"

"으음……."

광천마는 혼란스러운 얼굴이었으나 아까처럼 이성민에게 덤벼들지는 않았다. 그것은 묘한 기분이었다.

마음 깊은 곳에서부터 이성민과 적대하는 것을 바라지 않고 있다. 그것은 의식하지 않은 무의식의 충동이었으나 확실하게 광천마에게 영향을 끼치고 있었다.

[놈의 단전에는 내 요력이 있다. 저 망나니 놈은 그 영향을 받고 있으니, 나와 직접 연결된 너를 적대할 수는 없을 것이다.]

"……나에게 무슨 짓을 한 건가?"

허주의 목소리와 함께 광천마의 질문이 날아왔다. 이성민은 그것을 두고 어떻게 대답해야 할지 잠깐 동안 고민했다.

[설명할 필요가 있느냐? 묻는 말에나 대답하라고 으름장을 놓아라. 아마 잘 들을 테니까. 안 들으면 조금 패놓든가.]

'능력이 되어야 패지.'

[이해를 못 하는군. 쉽게 설명하자면 저 망나니 놈과 네놈의 관계는 혈족의 관계와 비슷하다고 보면 될 것이다. 혈족의 최하위에 있는 놈이 모체인 로드에게 거스를 수 없는 것처럼, 저놈도 너에게 거스를 수는 없다. 그렇다고 해서 일방적인 상하 관계에 복종이 딸린 것은 아니겠지만…… 네가 두들겨 팬다고 해서 저놈이 너를 죽일 수는 없을 것이다. 그렇게 하려 한다면 놈의 단전에 박힌 요력이 미쳐 날뛸 테니.]

과연 말처럼 그렇게 쉬울까?

이성민은 광천마의 눈을 들여다보면서 말했다.

"내가 당신에게 무슨 짓을 하였는지는 중요하지 않습니다."

"중요하지 않기는."

광천마가 투덜거리는 소리를 냈다.

"그러니까…… 광천마 어르신, 몇 가지 묻고 싶은 것이 있는데 대답해 주시겠습니까?"

"……끄응……."

평소 같았으면 제대로 들을 이야기도 아니었으나 광천마는 앓는 소리를 내면서 머리를 갸웃거렸다.

뭔지 모를 감정이 계속해서 충동질을 해대고 있었다. 결국 광천마는 한숨을 쉬면서 주저앉아 머리를 끄덕거렸다.

"무엇이 궁금한 건가?"

"어르신의 단전에 요력의 정수가 있다고 하는데. 그것이 무엇인지 알고 계십니까?"

"……본좌의 단전에 뭔가가 있다고?"

광천마의 미간이 찡그려졌다. 그는 가부좌를 틀고 앉아 운기행공에 들어갔다.

바로 앞에 이성민이 있었음에도 광천마의 행동에는 거리낌이 없었다. 한동안 운기행공을 한 광천마가 감고 있던 눈을 떴다.

"무슨 말을 하는 것인지 모르겠군. 본좌의 단전에는 내공밖에 존재하지 않는다."

광천마가 흔들림 없는 목소리로 답했다.

[재미있군.]

광천마의 대답에 허주가 낄낄 웃으며 중얼거렸다.

[저 망나니는 자기 단전에 요력이 있다는 것도, 자기 자신이 요력을 쓰고 있다는 것도 모르고 있다. 그러면서도 인간으로서 남아 있지. 이런 경우는 나도 처음 보는데…… 흐음.]

'뭐냐?'

[짚이는 것이 있다.]

그렇게 말하고서 허주는 잠깐 동안 침묵했다. 아무래도 떠오른 생각에 대해 정리하고 있는 모양이었다.

광천마는 이성민이 입을 다물자 덩달아 침묵하면서 이성민의 눈치를 보았다. 그러면서 광천마는 왜 자신이 이성민의 눈치를 보고 있는 것인지 스스로 이해하지 못하고 있었다.

'본좌가 왜 저런 애송이의 눈치를 본단 말인가?'

광천마는 광오하기 짝이 없는 남자였다.

광천마라는 별호를 가지게 되고 나서는 그런 경우가 거의 없기는 했지만 광천마가 대부분의 경우에서 강자로 군림하기 이전, 광천마가 약했던 시절에는 자신보다 강한 자와 맞닥뜨린 적이 몇 번이나 있었다.

그런 강자를 상대한다고 해서 광천마는 머리를 숙이고 눈치를 보았던 적은 없었다.

하지만 지금은 아니었다. 이상하게 계속 눈치를 보게 된다. 그것이 불쾌하게 느껴지지도 않는다. 광천마는 그 복잡한 상황을 도저히 납득할 수 없었다.

침묵을 이어가던 허주가 입을 열었다.

[놈에게 남쪽에 대해 물어봐라.]

'뭐?'

[남쪽에 간 적이 있었냐고 물어보란 말이다. 그리고 그 남쪽에서 무슨 일을 겪었는지도 묻고.]

이성민은 그 말을 그대로 옮겨 광천마에게 질문했다.

광천마는 놀라 눈을 동그랗게 뜨더니 머리를 끄덕거렸다.

"남쪽…… 인상 깊은 곳이었지."

"남쪽에서 무슨 일을 겪었습니까?"

"……으음."

광천마가 앓는 소리를 냈다. 솔직히 대답해 주고 싶지 않았지만, 대답해야 한다는 생각이 강하게 들었다.

결국 광천마는 머뭇거리며 입을 열었다.

10년 전의 일이다.

광천마는 무공을 수행하던 중에 거대한 벽을 맞닥뜨렸다.

수행 중에 벽을 맞닥뜨리는 경우야 많이 있던 일이고, 광천마는 언제나 본인 스스로의 노력으로 그 벽을 돌파해 왔다.

하지만 이번 경우에는 그것이 잘되지 않았다. 반복된 수련과 좌절 끝에, 광천마는 마음의 여유를 되찾을 겸 여행에 나섰다.

"발길을 따라가다 보니 남쪽 땅에 도착했지. 뜨거운 태양과 울창한 밀림, 사막…… 많은 것을 보았어. 그러던 중에 밀림의 어떤 부족과 인연을 맺었지. 이상한 놈들이었어. 부족의 전사라고 하는 놈 중에서 쉬워 보이는 상대가 아무도 없을 정도였지. 으스댈 줄만 아는 구파일방의 제자 중에 그 부족의 어린 전사들보다 강한 놈은 없어 보였고, 좀 나이 먹은 전사들은 구파일방의 장문인급이었다."

그렇게 말하는 광천마의 눈가가 찡그려졌다.

"본좌가 그들 부족에게 흥미를 갖게 된 것은, 그토록 뛰어난 실력을 갖추고 있음에도 부족의 전사들이 제대로 된 무공을 익히지 않았다는 점 때문이었다. 그것이 아까워 본좌의 무공 몇 가지를 부족 전사들에게 가르쳐 주는 것으로 인연을 맺게 되었지. 그리고 그들은 무공을 전수해 준 것에 대한 보답이라며 본좌에게 부족의 영약과 호흡법을 알려주었지."

[그거다!]

허주가 고함을 질렀다.

[남쪽은 과거 이 어르신이 이름을 떨치던 곳이다. 남쪽의 일부 부족이 이 어르신을 숭배하고 있다고 했었으니, 아무래도 그곳에 내 요력과 요력을 다루는 방법이 남아 있던 모양이로군.]

그렇게 말하는 허주의 목소리는 신이 나 있었다.

"그 호흡법이라는 것이 무엇입니까?"

"처음에는 내공심법의 일종이라고 생각했는데 그건 아니었다. 직접 내공을 쌓을 수는 없었거든. 하지만 정신을 편안하게 만들어주기는 하여 도움을 많이 받았지. 그 호흡법을 통해 그들 부족의 영약을 흡수하였고 내력에 많은 진전을 거두었다. 그리고 가로막힌 벽을 뚫는 것에 성공했지."

광천마는 그렇게 말하면서 긴 한숨을 내쉬었다.

"벽을 넘으면 초월지경에 닿을 수 있을 것이라 생각하였는데…… 초월지경은 본좌가 생각하는 것보다 훨씬 멀리 있었다. 근접하기는 하였어도 아직 초월지경에 닿지는 못했어. 남쪽을 떠나 떠돌면서 계속해서 무공을 수행했고…… 욕심이 과한 탓에 주화입마에 들었지.”

[멍청한 놈.]

광천마의 말을 들으면서 허주가 이죽거렸다.

[호흡법이고 뭐고, 요력이라는 것은 인간이 쉽게 통제할 수 있는 힘이 아니야. 놈이 겪은 주화입마는 인간이 요력을 사용한 반동이다. 그래도 광증을 앓는 것에 그쳤다는 것이 놀랍군. 보통이라면 터져 죽든가 완전히 요괴로 바뀌든가 할 터인데.]

허주는 그렇게 중얼거리고서 이성민에게 말을 붙였다.

[저 호흡법이라는 것을 익히도록 해라. 그것만 익힌다면 네놈의 인간성을 유지하면서도 요력을 사용할 수 있어.]

‘……꼭 그럴 필요가 있을까?’

[힘을 갈망하던 것은 네놈이다. 선택은 언제나 네놈의 몫이라는 것이지. 하지만 이것 하나는 말해두마. 현재 네 몸뚱이로 네가 도달하고자 하는 소천마에게 닿기 위해서는 못해도 수십 년이요, 길면 수백 년이 필요할 것이다.]

‘나는 성장하고 있어.’

그것만큼은 확실하게 말할 수 있었다. 광천마와의 싸움에서 이성민은 마법을 사용하지 않았다.

헤이스트와 스트렝스까지 사용했더라면 광천마와의 싸움을 보다 쉽게 이끌어 갈 수 있었을지도 모르나, 이성민은 의도적으로 두 마법을 사용하지 않았다. 생사결을 통해 강제로 심득을 깨닫게 하기 위해서였다.

사실 이성민이 얻은 것은 심득이라기보다는 앞서 있는 정신의 높이에 뒤늦게 육체가 따른 것에 불과하였으나, 경우가 어찌 되었든 이성민이 바라는 대로 되었다는 것은 사실이었다.

[너무 위험한 방법이야. 몇 번이고 반복되는 생사결에서 상황 좋게 네가 심득을 얻으리라는 보장은 없다.]

'요력 역시 위험한 것은 똑같잖아.'

[이 씨발놈의 새끼. 좋은 것 퍼서 먹여주려고 들이밀어도 안 처먹겠다고 발악을 하는구나. 야, 이 개새끼야. 이 어르신이 다 너 좋으라고 하는 것인데 왜 알아듣지를 않는 것이냐?]

듣다 못한 허주가 답답하여 욕설을 내뱉었다.

이성민은 허주의 욕설을 시큰둥하게 받아넘기며 생각에 잠겼다.

요력이라는 힘에 욕심이 나는 것은 사실이다. 그 파괴적인 힘은 이성민의 육체를 훨씬 강인하게 만들어줄 것이고, 그렇게 된다면 정신세계에서 도달한 무위를 보다 쉽게 육체로 펼칠 수도 있을 것이다.

'이번에도 얕았어.'

혈환광풍이 펼쳐지기 직전, 이성민의 창은 이성민이 생각했던 것보다 얕게 들어갔다.

그 순간에 헤이스트와 스트렝스를 펼쳤더라면 광천마가 혈환광풍을 펼치기 전에 그의 몸을 관통할 수도 있었을 것이다.

하지만 그 판단조차 늦었고, 이성민은 그것이 마음에 들지 않았다.

답답하기도 했다. 자신의 몸뚱이가 기대만큼, 아는 것만큼 하지 못한다는 것이 답답하다.

차근차근 나아간다고 해서 정신세계의 무위를 체득할 수 있으리라는 보장도 없는 것이 현실이다.

2100년이 걸렸는데, 비록 도달해 본 경험이 있다고 한들 빠르게 그때의 무위를 손에 넣으리라는 보장은 없다.

"……그 호흡법, 저에게도 알려줄 수 있습니까?"

"불가능하네."

광천마가 미간을 찡그리면서 대답했다.

"그 부족에게서 호흡법과 영약을 받았을 때, 영약이야 이미 처먹는 것이니 어쩔 수 없지만 호흡법의 경우에는 절대로 다른 이들에게 가르치지 않겠노라고 맹세했기 때문이지. 구두로만 한 약속이 아니라 언령을 빌려 한 약속이기에 절대로 어길 수가 없어."

[귀찮게 구는군.]

허주가 투덜거렸다.

"언령?"

"남쪽 주술사들이 사용하는 주술 중 하나지. 언령으로 약속한 이상 그것을 어기는 것은 불가능해. 본좌가 아무리 강력한 무인이라고 하여도 언령으로 심장을 바친 이상 그것을 깰 수는 없지."

[마법사들이 하는 마나의 맹세와 비슷한 것이다. 주술사의 도움을 빌려 언령의 약속을 하고 심장을 바친다면 그 약속을 어기게 되었을 때 심장이 터지게 돼.]

"그 남쪽 부족은 어디에 있습니까?"

"본좌가 아무리 기억이 좋다고 해도 밀림 속을 헤매다 도착한 부족의 위치를 기억할 수는 없지."

진이 빠지는 대답이었다. 기껏 마음먹고 요력을 써볼까 싶었는데 광천마에게서 요력을 사용하는 호흡법을 배우지 못하게 되었으니 진이 빠지는 것이 당연했다.

[남쪽으로 가자.]

하지만 허주는 오히려 신이 나서 그렇게 말했다.

[애초에 네놈에게 약속하지 않았더냐. 이 어르신을 데리고 나온다면 어르신이 모아놓은 보물을 주겠다고. 그것이 있는 곳도 남쪽이니 오히려 잘되었다.]

'하지만 위치를 모르는데?'

[네놈은 머저리 천치로구나. 저 망나니를 길잡이로 데려가면 되지 않겠느냐?]

'뭐?'

[광증의 치료법을 알려준다고 해라.]

허주가 낄낄 웃으며 말했다.

[놈의 광증은 요력을 사용한 반동이고, 놈이 여기까지 온 것은 이 어르신을 쫓아온 것이다. 이 어르신이 잠자는 숲에 봉인되어 있었을 때에는 저 망나니의 광증이 자주 도졌겠지만, 내가 네놈과 함께 숲을 나오고 북쪽으로 왔을 때는 광증도 심하게 도지지는 않았을 것이다.]

그것은 사실이었다. 본래 광천마의 광증은 한번 도질 때마다 주변의 모든 것을 학살하고 파괴하였는데, 허주가 잠자는 숲을 나서게 되면서 광증의 폭력성은 사라졌다.

대신 광천마가 단전에 품은 허주의 요력이 본래 주인인 허주를 찾아 광천마의 몸을 움직이게 되었다.

광천마가 수개월 동안 정신을 잃고 북쪽까지 오게 된 것은, 허주와 이성민이 던전에 들렀다가 북쪽으로 오면서 광천마도 먼 곳에서 함께 움직인 덕분이었다.

"광증의 치료법을 알려줄 테니 저와 함께 남쪽으로 갑시다."

"뭐라?"

이성민의 말에 광천마의 눈이 휘둥그레 떠졌다.

긴 세월 동안 품고 있던 광증에 대한 치료법을 알려주겠다니!

사실 그건 둘째 치고서라도 광천마는 이성민의 말을 거역하고자 하는 마음이 들지 않았다.

"어떻게 내 광증을 치료해 주겠다는 건가?"

"음……."

이성민은 답할 말이 없어서 말끝을 흐렸다. 그러자 머릿속에서 허주가 대답해 주었다.

[대충 둘러대라. 어차피 이 어르신과 함께 있는 한 광증이 도지는 일은 없을 터이니.]

"……우선…… 매일 도막사라무라는 주문을 백 번 외우고…… 아침 점심 저녁으로 나에게 따귀를 한 대씩 맞으면 됩니다."

주문은 대충 갖다 붙였고, 따귀라는 조건을 붙인 이유는 갑작스레 싸움을 건 광천마를 그냥 때려주고 싶은 이유가 전부였다.

"도막사라무라니. 뭔진 모르겠지만 굉장히 주술적인 울림이로군……. 그런데 따귀라니? 어째서 따귀를 맞아야 하지?"

"못 믿겠으면 하지 마십시오."

“으음!”

배 째라는 식으로 내뱉은 이성민의 말에 광천마가 신음을 흘렸다.

전혀 믿음이 안 가는 조건이었지만 왜일까. 광천마는 이성민의 말을 마음속으로는 믿고 있었다.

“알겠다.”

“그럼 우선 한 대.”

광천마가 대답한 즉시 이성민은 광천마의 뺨을 갈겼다. 철썩하는 소리와 함께 광천마의 머리가 홱 돌아갔다.

“억!”

광천마가 아무리 대단한 고수라고는 해도 부지불식간에 때린 따귀는 광천마를 놀라게 하기에 충분했다.

“주문을 외우십시오.”

광천마가 따지기 전에, 이성민이 빠르게 쏘아붙였다. 광천마는 벌게진 뺨을 손으로 붙잡고 이를 갈더니 주문을 외기 시작했다.

“도막사라무…… 도막사라무…….”

이성민은 광천마가 외는 주문 소리를 들으면서 웃음을 삼켰다.

4장
천외천

남쪽으로 방향을 잡기는 했지만 그렇다고 해서 바로 남쪽으로 갈 수는 없었다.

우선 북쪽에서의 볼일이 전부 끝나지도 않았고, 북쪽에서 만나게 될 귀인이라는 것이 광천마라는 확신도 없었기 때문이다.

아직 겨울은 끝나지 않았다.

일단 올해까지는 북쪽에 있어야만 했다.

올해만 끝난다면 성령이 말한 기간이 끝이 나니, 그 이후에는 북쪽을 떠나도 아무 문제 없을 것이다.

내년이 된다고 해서 바로 남쪽으로 가는 것도 아니다. 내년이 되면…… 위지호연과 약속했던 10년이 모두 채워진다.

3월 14일, 대도시 루베스의 중앙 광장.

그날 이성민은 위지호연과 만나기로 약속했다.

'위지호연과 만나면 어떻게 될까.'

모른다.

몇 달 전에 위지호연과 던전에서 만나기는 했으나, 그때는 그리 많은 이야기를 나누지 않았다.

하지만…… 그때 위지호연이 했던 이야기는 기억하고 있다.

함께 여행하자는 이야기.

몇 달 뒤에 위지호연과 재회하게 되면 그녀와 함께 여행을 떠날 수 있는 것일까.

그렇다면 위지호연과 함께 남쪽으로 갈 수 있는 것일까?

그에 대한 생각은 우선 가슴에 묻어둔다.

이성민은 광천마와 함께 다시 트라비아로 향했다. 올해 동안은 트라비아를 거점으로 삼고 지낼 생각이었고, 트라비아에는 개인적인 볼일도 남아 있었다.

아이네의 습격을 통해 프레스칸이 트라비아에 똬리를 틀었다는 것은 알게 되었다.

시간이 많지 않은 이성민으로서는 지금의 기회를 놓치고 싶지 않았다.

루베스의 대광장에서 위지호연과 만나고, 그 후에는 허주의 보물과 요력의 사용법을 알기 위해 남쪽으로 내려가야 한다.

그것만 해도 일 년 가까운 세월이 흐를 텐데, 지금 기회를 놓친다면 언제 또 프레스칸과 만나게 될지 모르는 일이었다.

위험성이 없는 것은 아니다. 가장 껄끄러운 것은 뱀파이어 퀸인 제니엘라다.

이성민은 프레스칸과 제니엘라의 관계에 대해 알지 못하고 있었지만, 제니엘라가 다스리는 트라비아에서 프레스칸과 다툼을 벌이는 것은 아무래도 눈치가 보일 수밖에 없었다.

"도막사라무…… 도막사라무……."

이성민의 뒤를 따르는 광천마는 자그마한 목소리로 이성민이 알려준 주문을 외고 있었다.

저 무의미한 주문을 계속해서 외우고 따귀까지 맞는 것을 보면, 광천마는 그 별호와 소문에 걸맞지 않게 의외로 순진한 면이 있었다.

이성민은 문득 드는 생각이 있어서 광천마에게 물었다.

"어르신, 어르신이 생각하기에 어르신의 강함은 이 세계에서 몇 번째라고 생각하십니까?"

"응?"

주문을 외우던 광천마가 머리를 돌려 이성민을 보았다.

이성민이 느낀 광천마의 강함은 진짜였다. 강기를 다루는 수법이나 임기응변 등을 보면 광천마의 무위는 위지호연 도플갱어와는 비교가 되지 않았다.

던전에서의 이성민이 광천마와 싸웠더라면 몇 초도 버티지 못하고 죽임을 당했을 것이다.

"우문이군."

이성민이 기대했던 것은 광천마의 오만한 대답이었으나 광천마는 되레 헛웃음을 흘렸다.

"세상은 넓네."

그렇게 중얼거리는 광천마의 말에는 씁쓸한 자조가 섞여 있었다.

오만한 대답을 기대하였기에 광천마의 대답은 이성민을 조금 당황하게 만들었다.

광천마는 당황함이 여실히 드러나는 이성민의 얼굴을 보면서 끌끌 웃었다.

"그 정도 경지에 오른 무인이라면 궁금할 만도 하지. 천하제일이 무엇인지, 어느 위치에 있는지. 자네, 나이가 몇이지?"

"……스물셋입니다."

"하하! 스물셋에 초절정을 넘어 초월지경을 멀리서나마 보고 있다니……. 자네의 나이를 말하여 순순히 믿어주는 사람이 몇이나 될지 궁금하군. 그래, 자네의 경지라면 천하제일을 논하기에 충분하지."

광천마는 그렇게 내뱉고서 입꼬리를 올려 웃었다.

"천하제일이라는 것이 얼마나 터무니없는 곳에 있는지 깨닫기에도 충분하고."

"……무슨 말입니까?"

"누구나 자기만의 산을 가지고 있겠지. 그 산의 정상에 서기 전에는 몰라. 그냥 막연하게, 혹은 확신에 차서 생각하는 것이지. 나는 꽤 높이 올라왔다고. 그리고 그 산의 정상에 서고서야 깨닫는 거야. 내가 오른 산이 그리 높지도 않은, 산맥의 봉우리 하나일 뿐이라는 것을."

광천마는 씁쓸한 목소리로 말했다. 그것은 이성민에게 하는 말이기도 하면서 광천마 스스로에게 내뱉는 것이기도 했다.

"세상은 넓어. 어쩌면 자네도 이미 알고 있을지도 몰라. 이 세계…… 인간이 아닌 자들이 활보하는 세계에서 인간은 그리 대단한 존재가 아닐세. 인간의 수 배에서 수십 배의 세월을 살아가는 자들. 나는 육십 년의 세월을 무공에 매진해 지금의 경지에 도달했네. 인간으로서 육십 년 동안 무공을 수행했다면 어디서 꿀리지는 않겠지. 하지만 수백 년의 세월을 살아가는 존재가 생의 대부분을 무공 수행에 매진했다면 어떻게 되겠는가? 그 수백 년의 세월 동안 무공 수행에 매진한 존재가 천재적인 재능까지 가지고 있다면?"

그 말에서, 이성민은 북쪽에서 만난 인외종의 정점들을 떠올렸다.

뱀파이어 퀸인 제니엘라는 600년이라는 세월을 살아왔다. 광랑이라 불렸던 주원도 수백 년은 살았을 것이다.

"그들이 바로 천외천(天外天)일세. 인간이면서 수백 년을 살아온 자들도 있고, 애초부터 인간이 아닌 존재들도 있어."

광천마는 그렇게 말하더니 대뜸 웃옷을 벗었다. 벗어젖힌 광천마의 몸에는 길쭉한 검상이 깊이 새겨져 있었다.

"10년 전. 천외천의 육존자(六尊者) 중 하나인 검존(劍尊)에게 당한 상처일세. 지금의 본좌라 하여도 검존을 상대로 백 초나 버틸지 자신할 수가 없어. 아마…… 머지않아 자네도 천외천과 만나게 될 것이야. 그들은 새로이 나타난 강자를 시험하려 드니까."

천외천과 육존자.

이성민은 광천마의 말에 공감할 수밖에 없었다.

전생의 삼류 용병이던 시절에는 아무것도 몰랐다. 당시 이성민이 속해 있던 세계의 정점은 코로나 용병단의 단장인 제온이었다.

하지만 그 제온은 프레스칸에게 허무하게 죽어버렸다.

생각해 보면 베헨게르 이후에서부터 이성민의 세계는 크게 확장되었다.

전생에서는 듣도 보도 못한 대단한 인물들을 연달아 만나게 되었고, 그들과의 만남을 통해 이성민은 자신의 세계가 얼마나 작고 '나'라는 존재가 얼마나 하찮은지 깨닫게 되었다.

광천마의 말대로다. 비록 그것이 봉우리라고 해도, 그 봉우리의 정상에 올라야만 다른 산이 얼마나 높은지 볼 수 있는 것이다.

'너는 얼마나 높이 있을까?'

위지호연은 다리를 꼬고 앉아 맞은편에 앉은 상대를 보았다.

그는 낡은 피풍의에 큼지막한 삿갓을 쓰고 있었다.

던전에서 취한 새카만 옷과 흑룡포를 몸에 휘감은 위지호연은 아직 나이는 어려도 존재 하나만으로 공간을 압도하고 있었다.

그에 그치지 않고서 그녀는 은밀한 기세를 내비치며 상대를, 피풍의의 사내를 위협하고 있었다.

하지만 그는 위지호연의 기세를 정면으로 받으면서도 태연했다.

손님 하나 없는 낡은 객잔의 중앙에 마주 앉은 둘은 한참 동안 그런 식으로 침묵을 나누었다.

먼저 움직인 것은 사내였다. 그는 천천히 손을 들어 올리더니 탁자 위의 찻잔을 잡았다.

"차가 식었군."

남자가 중얼거렸다. 남자의 손이 찻잔을 어루만졌을 때, 차갑게 식은 차에서 수증기가 피어올랐다.

남자는 다시 뜨거워진 차를 후룩 마시면서 삿갓 아래로 위지호연의 얼굴을 응시했다.

"장고(長考)할 만한 일인가?"

남자가 묻는다. 팔짱을 끼고 있던 위지호연은 대답하지 않는다.

그녀는 피식 웃으면서 내뿜던 기세를 거두었다.

"갑작스러운 일이라."

"대부분의 만남이 그런 법이지."

남자는 찻잔을 내려놓으면서 낮은 웃음을 흘렸다.

그는 쓰고 있던 삿갓을 벗어 내려놓았다. 삿갓에 말아 넣었던 은발이 출렁거리며 쏟아진다.

위지호연은 길쭉하게 뻗은 남자의 귀를 힐긋 보았다. 남자라고 생각할 수 없는 아름다운 외모와 길고 뾰족한 귀.

남자는 엘프였다.

"천외천. 들어본 적이 없는 단체인데."

"그렇겠지. 하지만 우리는 실존하고 있어."

"왜 나를 천외천에 들이고 싶다는 것이지?"

"너에게는 가능성이 있으니까."

남자가 이를 보이며 웃었다. 갑작스러운 만남이었다.

이 객잔. 위지호연으로서는 우연히 들어온 것이다. 길을 걷다가 목이 말라서, 배도 고파서. 그래서 아무 생각 없이 객잔으로 들어왔는데, 그 시점에서부터 남자는 이미 객잔 안에 들어와 있었다. 그러고는 위지호연에게 다가와 말을 걸었다. 천외천과 함께하자는 말을.

"장고한 것은 아니야. 그냥 심드렁했을 뿐이지."

위지호연이 입을 열었다.

"그리고 불쾌하기도 해. 너는…… 나를 알고 있지. 이곳에서 나를 기다리고 있었고."

"그렇지."

"하지만 나는 너를 몰라. 천외천이 무엇인지도 모르고. 그래서 심드렁하고 불쾌한 거야."

"자기소개가 늦어 불쾌한 것이라면 사과하지."

남자가 어깨를 으쓱거렸다.

"천외천의 육존자, 그중 말석(末席)을 차지하고 있는 권존(拳尊)이라고 한다."

천외천, 육존자, 권존.

위지호연은 입술을 벌려 그것들을 중얼거렸다.

태연해 보이지만 위지호연은 조금의 혼란을 겪고 있었다. 천외천이라는 단체의 이름은 처음 들어본다. 육존자라는 이들도, 또 권존이라는 별호도 처음 들어본다.

'놀라워.'

에리아에서 살아온 지 어느덧 10년이 다 되어간다.

위지호연은 이 세상에서 살아오면서 단 한 번도 어려움이라는 것을 겪어본 적 없었다.

위기도 마찬가지였다.

위지호연이 만난 자들은 모두 다 위지호연보다 약했다. 던전의 보스 몬스터는 대단한 강자였지만 그 몬스터도 위지호연보다는 약했다.

하지만 눈앞의 사내는 어떠한가. 엘프라는 종족은 처음 보지만, 그렇다고 해서 위지호연이 엘프에 대해 무지한 것은 아니었다.

엘프.

숲의 가호를 받아 길게는 1000년을 살아가는 종족.

위지호연은 삐딱하니 머리를 기울이면서 물었다.

"당신이 누구인지 몰라 불쾌했던 것이 아니야. 육존자, 권존…… 내가 궁금한 것은 그런 것이 아니라, 천외천이 대체 뭐 하는 놈들이냐는 것이지."

"우리는 무언가를 추구하지는 않아. 그냥…… 적적하지 않은가? 한 분야의 정점에 서게 되면 필연적으로 고독을 느낄 수밖에 없지. 그 고독은 대부분 광기를 불러오고."

권존은 웃는 목소리로 그렇게 말했다.

"나만 해도 벌써 사백 년을 살아왔어. 사백 년의 대부분은 권법에 매진했고…… 후후! 미쳐 버릴 수밖에 없지. 엘프라는 종족은 너무 오래 살아. 사백 년을 살아온 나도, 지금까지 살아온 시간보다 앞으로 살아가야 할 시간이 더 많을 정도로 말이지."

"꺼져."

위지호연은 권존의 말에 머리를 끄덕거리며 대답했다.

권존이 짓고 있던 미소가 사라졌다.

"……내가 잘못 들었나?"

"아니, 바로 들었어. 꺼져."

위지호연은 그렇게 말하며 자신의 앞에 있는 찻잔을 잡았다. 그녀는 차게 식은 차를 단숨에 들이켜고서는 몸을 일으켰다.

"그깟 웃기지도 않는 이유로 모인 놈들과 함께하고 싶은 마음 따위는 없어. 그리고 말이야. 그런 이유를 갖다 붙이면서 대답을 회피하려는 놈들은 속내가 구리게 마련이고."

"처음부터 모든 것을 가르쳐 줄 수는 없잖나?"

권존이 표정을 고치면서 말했다.

그 말에 위지호연이 웃음을 터뜨렸다.

"봐봐. 대놓고 말해줄 수 없는 이유가 있는 거잖아. 너…… 구린내가 나. 아주 심한 구린내가."

"접근 방법이 잘못되었던 모양이군."

권존은 그렇게 중얼거리며 몸을 일으켰다.

권존이 걸치고 있던 피풍의가 사납게 흔들리기 시작했다.

얌전하게 느껴지던 기도가 미쳐 날뛰면서 권존을 중심으로 태산 같은 기세가 일어났다.

"가능성이 있는 아이라고 생각하여 어르고 달래려 하였는데…… 너는 너무 무례해. 말석으로 들이기 전에 예의범절을 가르쳐 두는 것도 좋겠군."

"너는 참 이상하구나."

위지호연이 웃음을 터뜨리며 말했다.

"싫다고 했고, 이렇게 모욕하였는데. 네가 생각하는 것은 나를 죽이는 것이 아니라 어떻게든 천외천에 들이겠다는 말이군. 왜일까…… 왜 그렇게까지 나를 천외천으로 들이려 하는 것이지?"

권존은 대답하지 않았다. 위지호연은 힘을 내보이는 권존을 향해 쿡쿡거리며 웃더니 손을 들어 코를 잡았다.

"말했잖아. 악취가 난다고."

피 냄새도 난다.

객잔 주방에서 흘러나오는 냄새. 위지호연이 객잔으로 들어왔을 때부터 이 객잔에는 권존을 제외하고서 아무도 없었다.

두 명분의 찻잔만 덩그러니 놓여 있었을 뿐.

죄 없는 객잔 주인과 그 식솔을 죽였다는 것에 분노하는 것은 아니다. 다만, 이런 식으로 자신을 속박하려 드는 것이 짜증 날 뿐이다.

"그리고 말석?"

위지호연이 손을 들어 올렸다. 흑룡포가 위지호연의 팔을 휘감았다.

"무례한 건 너로구나."

높은 웃음소리와 함께 객잔 건물이 무너졌다.

5장
혈천마

이성민은 아까 전에 빠져나왔던 북쪽 성문으로 다시 들어갔다.

이성민의 뒤를 따라오던 광천마는 헛웃음을 흘리며 풍경을 바라보았다.

"이게 트라비아란 말인가."

직접 와본 적은 없지만 북쪽의 제일가는 대도시, 트라비아에 대해서는 광천마도 익히 알고 있었다.

그렇기에 광천마는 지금의, 폐허처럼 변해버린 트라비아를 보고서 놀랄 수밖에 없었다.

"북쪽에 와본 적은 없지만 이야기는 무던히도 들었지. 혈천마…… 멍청한 무선이 녀석."

광천마가 중얼거리는 말에 이성민은 그를 힐긋 보았다. 그 말은 꼭, 광천마가 혈천마를 알고 있는 것처럼 들렸기 때문이다.

"혈천마와 만났던 적이 있습니까?"

"오래전에."

광천마가 내뱉었다.

"거의 십 년도 전이지. 본좌가 광증을 앓기 이전의 일이고, 무선이 놈이 트라비아를 터전으로 잡기도 전의 일이니까 말이야."

광천마는 그때의 혈천마를 떠올리면서 씁쓸한 표정을 지었다.

당시의 혈천마는 찬란한 재능으로 빛나는 어린 고수였다.

광천마는 당시의 혈천마를 보고서 머지않아 좋은 적수가 되어줄 것이라고 생각했었다.

"넌 북쪽에 볼일이 남아 있나 보지?"

광천마가 이성민에게 물었다. 이성민은 천천히 머리를 끄덕거렸다.

"그렇다면 본좌도 볼일을 보고 싶은데."

"혈천마를 만나려는 겁니까?"

"오래전이라 해도 인연이 있었던 놈이고, 소문만 들었을 뿐이지만 놈이 절망하고 있다는 것은 안다. 그래도 선배 되는 몸이니 한번 만나 이야기 정도는 나누고 싶군."

광천마와 굳이 같이 다닐 필요는 없어 보였다.

프레스칸과 다투게 되었을 때 광천마가 곁에 있어준다면 많은 도움이 되기는 할 것이다.

[네가 걱정하는 일은 없을 것이다.]

허주가 말했다.

[이 도시가 제니엘라의 영역이고, 네놈은 제니엘라의 관심을 받고 있어. 그 프레스칸이라는 리치가 얼마나 강할지 몰라도 제니엘라만큼은 아니겠지.]

이성민은 위를 힐긋 보았다.

프레스칸의 사역마는 아직까지 머리 위를 떠돌고 있었다. 굳이 이성민 쪽에서 찾아갈 필요는 없었다.

광천마와는 사흘 후, 북쪽 성문 근처의 여관에서 다시 만나기로 약속을 잡았다.

그 이후 광천마는 곧바로 떠났다. 광천마가 이 넓은 땅에서 어떻게 혈천마를 찾을 생각인지는 알 수 없었으나, 그것은 광천마의 문제였다.

이성민은 천천히 걷기 시작했다.

그는 인적이 드문 깊숙한 골목으로 들어왔고, 하늘 높이 떠 있는 프레스칸의 사역마는 이성민을 놓치지 않고 따라왔다.

"보고만 있을 건가?"

이성민이 위를 올려 보며 물었다.

그러자 사역마가 날개를 퍼덕거렸다. 이성민은 사역마 너머에 있는 프레스칸을 뚫어져라 보았다.

"피차 만나고 싶은 것은 똑같은 것 같은데. 어때? 네가 어디에 있는지 말한다면, 바로 찾아가도록 하지."

그 말에 사역마가 홱 하고 아래로 내려왔다.

이성민의 눈높이까지 내려온 까마귀가 부리를 연다. 딱딱거리며 부리가 몇 번 부딪히고, 카랑카랑한 목소리가 지저귐 대신에 새어 나왔다.

"시건방진 새끼."

까마귀가 사나운 투로 내뱉었다.

"도대체 뭐가 그렇게 당당한 것이냐? 남이 평생을 바쳐 만든 심장을 도둑질한 주제에……!"

"제대로 간수하지 못한 것은 네 잘못이잖아. 그리고 나도 갖고 싶어서 갖게 된 것이 아니야."

"그걸 말이라고……!"

"너한테 묻고 싶은 것이 많아."

이성민은 까마귀의 눈을 들여다보면서 말했다. 그러자 까마귀의 부리가 닫혔다.

"내 몸에 있는 심장. 이게 대체 뭔지 난 도저히 모르겠거든. 그래서 이걸 만들어낸 너에게 직접 듣고 싶어."

"그렇게 말하면, 내가 당연히 말해줄 것이라고 생각하는 것이냐?"

"만나서 얘기하든가."

이성민이 내뱉자 까마귀가 날개를 퍼덕거리며 웃었다.

"성문 밖으로 나가 있어라. 그러면 내가 찾아가도록 하겠……."

"아니, 안 나가."

이성민이 빠르게 대답했다.

"그냥 이 도시에서 몇 달 동안 묵을 생각이거든. 아니면 뱀파이어 퀸의 저택으로 가든가."

"뭐라고……?"

"퀸이 나를 꽤 마음에 들어 하나 봐. 언제든지 저택에 들러서 사용해도 좋다고 말해주더군. 마땅히 묵을 곳도 없으니 퀸의 저택으로 돌아가는 것도 괜찮겠지."

"이놈……!"

사역마 너머로 프레스칸이 부들거리는 것이 느껴졌다.

놈의 반응을 통해 이성민은 확신을 얻었다. 트라비아 안에서 프레스칸은 자유롭게 행동할 수가 없다.

트라비아 밖이라면 아이네를 통해 습격하는 것 정도는 가능한 모양이었지만 도시 안에서는 그럴 수 없다.

"금색 마탑주인 로이드."

프레스칸의 표정이 움찔 떨렸다.

"이 심장을 몸에 넣게 되었을 때, 던전 바닥에서 죽어가던 로이드를 내가 구해줬었지."

"쓸데없는 짓을 했군."

프레스칸이 이를 갈며 내뱉었다.

"어쨌든 말이야. 그때 내 몸에 심장이 박혀 있었는데…… 로이드는 그를 알지 못하더군. 이것에 대해 로이드에게 알려주면 어찌 될까?"

"미친놈!"

이성민의 이죽거림에 프레스칸이 '꽥' 하고 비명을 질렀다.

프레스칸으로서는 제니엘라와 대적하는 것보다 로이드에게 검은 심장의 존재가 알려지는 것이 더욱 끔찍하고 싫은 일이었다.

오랜 마법사인 로이드는 심장의 가치를 알아볼 것이고, 어떤 식으로든 저 심장을 연구하려 들 것이다.

그렇게 된다면 프레스칸으로서는 평생 연구해 도달한 비원을 다른 마법사에게 멀뚱히 빼앗기는 꼴이 되어버린다.

"싫지? 네가 심장에 대해 솔직하게 말해준다면 로이드에게 심장에 대해 말할 일은 없을 거야."

"이 미친놈. 나랑 거래라도 하자는 거냐?"

"아니, 협박이지."

이성민은 빠르게 내뱉었다.

까마귀가 발작하듯이 몸을 뒤튼다. 더 이상 날개를 퍼덕거리지도 않고 땅에 떨어져 데굴데굴 구른다.

"개자식."

까마귀가 부리를 쩍 벌리더니 내뱉었다.

"맹세할 수 있나? 로이드에게, 그리고 다른 마법사에게 그 심장의 존재를 말하지 않겠다고."

"맹세하지. 어려운 일도 아니고."

이성민이 곧바로 대답했다. 까마귀의 눈을 통해 이성민을 노려보던 프레스칸이 덜덜 떨리는 목소리로 말했다.

"내가 검은 심장을 통해 구현하고 싶었던 것은 '포식'과 '진화'다."

"알기 쉽게 말해."

"……다른 존재의 심장을 먹는 것으로 심장 주인의 지식을 습득할 수 있다. 영약 같은 힘을 정제한 덩어리를 먹을 때에도 정제하지 않고 곧바로 자신의 것으로 삼을 수 있지."

그 말을 통해 이성민은 아이네가 쓰던 백보신권과 무공, 강기, 그리고 대환단을 복용했을 때 정제 과정 없이 곧바로 단전에 힘을 쌓던 것을 이해했다.

"그를 통해 심장은 계속해서 진화한다. 더 강하게, 더 뛰어나게. 내 사랑스러운 딸, 아이네는 심장을 중심으로 하여 육체를 구성하였기 때문에 심장이 가진 진화의 가능성을 그대로 펼칠 수 있지. 하지만 네놈은 불가능하다. 네놈은 인간의 육체에 심장을 박은 것뿐이니까."

팔다리의 형태를 마음대로 바꾸고 몸에서 촉수와 날개 따위를 만들어내던 아이네의 모습.

그것을 보고 이성민도 혹시나 싶어 촉수를 꺼내려 시도해 보았었지만 이성민은 촉수를 꺼낼 수가 없었다. 그것은 이성민의 몸뚱이가 아이네의 것과는 완전히 다른 것이기 때문이었다.

"그 외에 다른 것은?"

"……심장이라는 것은 극한의 가능성을 담은 것이야. 포식을 거듭하여 진화하는 것을 목적으로 담고 있고, 내가 그를 통해 만들어내고 싶었던 것은 모든 존재보다 우월한 궁극의 생명이다. 심장을 창조한 나조차도 그 궁극이 어떤 곳에 있는지 모른다. 가능성이라는 것은 모호한 것이니까."

"결국은 너도 잘 알지 못한다는 것이군."

그렇게 답하는 이성민의 목소리에는 숨길 수 없는 실망감이 담겼다.

그런 이성민의 대답에 프레스칸이 까마귀의 부리를 딱딱 부딪치면서 외쳤다.

"네놈의 가슴을 갈라 심장을 확인한다면 보다 자세한 것을 알 수 있겠지!"

"그렇게 해줄 생각은 없어."

"트라비아를 나가기만 해봐라. 내가 반드시 너를……!"

"그러시든지."

이성민은 원독에 찬 목소리로 외치는 프레스칸의 말을 무시했다. 그리고 발을 들어 까마귀의 몸을 밟아버렸다.

빠직 하는 소리와 함께 까마귀의 몸뚱이가 마력이 되어 흩어졌다.

'결국 제대로 된 답은 못 얻었어.'

포식과 진화, 그리고 가능성.

포식이라는 것에는 그리 시선이 가지 않았다. 인간의 심장을 먹는다는 것은 인간으로 살아온 이성민에게 있어서는 끔찍한 일이었기 때문이다.

하지만 진화와 가능성 쪽에서는 짚이는 것이 있었다.

처음으로 아이네의 습격을 받았을 때, 그리고 이후에 검귀와 싸웠을 때.

아이네와의 싸움에서 이성민은 강기를 깨달았고, 검귀와의 싸움에서 당시의 이성민에게는 불가능한 창로에 도달했다.

죽음을 피하기 위해 진화한 것이라면? 극복할 수 있다는 가능성이 주어져 심장이 몸을 진화시킨 것인가?

'어쩌면 그럴지도 모르지.'

이성민은 쓰게 웃으면서 생각했다.

결국, 휘둘렸을 뿐인가.

이성민은 자신의 몸을 내려다보았다. 하지만 이것 하나만큼은 자부할 수 있었다.

정신세계에서의 수련.

거기서의 2100년 동안 이성민은 심장의 도움은 받지 않았다.

그곳에 가 있던 것은 어디까지나 이성민 본인의 정신이었기 때문이다.

"이제 어디로 가나요?"

이성민의 품 안에 숨어 있던 루비아가 지친 목소리로 물었다.

"중앙 지구로 돌아갑시다."

북쪽으로 나가 광천마와 만났다. 그런 만남을 겪은 이상 더 이상 북쪽으로 나가는 것은 무의미하게 느껴졌다. 그러니 다시 중앙 지구로 돌아가 올해의 남은 시간을 보낼 생각이었다.

이성민이 중앙 지구로 향하고 있을 때, 광천마는 눈에 거슬리는 놈들을 죄다 붙잡고서 두들겨 패고 있었다.

가장 먼저 부랑자를 두들겨 패고, 그 뒤에는 시끌벅적한 식당과 주점으로 들어가 다시 두들겨 패는 것을 반복했다.

"혈천마는 어디에 있느냐?"

광천마는 꾸준히 그것을 물었다. 막무가내인 방법이었지만 효과는 있었다.

웬 놈을 된통 두들겨 패주고 곁에 있는 놈의 멱살을 잡아 주먹을 든 순간, 놈이 바로 혈천마 백무선이 어디에 있는지 불어버렸기 때문이다.

사실 그것은 대단한 비밀이라고 할 것도 아니었다.

광천마는 혈천마의 거처에 대해 말한 놈의 멱살을 쥐고서 안내를 맡겼다. 거짓말을 한 것이라면 죽여 버리겠노라고 엄포를 놓는 것도 잊지 않았다.

놈이 안내한 혈천마의 거처는 중앙 지구 외곽의 낡은 주택이었다.

"음."

대뜸 문고리를 열고 안으로 들어온 광천마는 풍기는 진한 술 냄새에 콧잔등을 찡그렸다.

안쪽에서 삐걱거리는 소리와 함께 여자의 들뜬 신음이 들리고 있었다.

광천마는 얼굴을 일그러뜨리면서 성큼 소리가 난 방으로 들어갔다.

가관이었다.

방바닥에는 술병이 나뒹굴고 방 안에는 이상야릇한 연기가 가득 차 있었다.

광천마는 연기를 내뿜는 향로를 힐긋 보았다.

"마약에 술, 여자까지. 완전히 망가져 버렸구나."

광천마의 중얼거림에 백무선의 움직임이 멈추었다.

그는 밑에 깔려 신음을 내지르던 여자를 향해 손을 뻗었다. 눈을 동그랗게 뜨고서 백무선을 보던 여자는, 백무선의 손에 짓눌려 비명조차 지르지 못하고 그대로 죽어버렸다.

"……누구신가 했더니……."

백무선은 킬킬 웃는 소리를 내면서 몸을 일으켰다. 아무것도 입지 않은 알몸이었지만 그는 부끄러움 하나 느끼지 않았다.

광천마는 짜증으로 일그러진 눈으로 백무선을 보았다. 어깻죽지부터 잘려 있는 백무선의 왼팔을 보고서 광천마는 작은 신음을 흘렸다.

"대체 뭐 하고 있는 것이냐?"

"대충…… 10년 만 아닙니까? 남의 집에 멋대로 들어와 놓고서는 훈수까지 두려 하십니까."

"뭐 하고 있는 것이냐 물었다."

"보면 아시지 않습니까."

백무선은 침대에 털썩 앉으며 말했다. 그는 손을 적신 핏물을 침대보에 대충 닦으면서 깊이 숨을 마셨다.

광천마는 쯧 하고 혀를 차더니 닫힌 창문을 향해 손을 뻗었다.

그러자 닫힌 창문이 벌컥 열리고 광천마의 손길에 따라 방 안을 가득 채우고 있던 마약 연기가 밖으로 빠져나갔다.

"너무하시는군."

백무선이 킬킬 웃으며 말했다.

"10년 만에 만나 반갑기는 한데…… 너무 무례하신 것 아닙니까?"

"본좌의 앞에서 그런 꼴을 보이는 네가 훨씬 더."

"여긴 내 집입니다. 그리고 여기가 내 집이 아니라고 해도, 내가 무엇을 하든 간에 어르신이 알 바는 아니지요."

"대체 왜 그렇게 망가져 버린 것이냐?"

"10년 전과 똑같으시군. 남의 말은 듣지 않고 자기 궁금한 것만 묻는 것은."

백무선은 그렇게 중얼거리며 바닥을 향해 손을 뻗었다. 덜그럭거리는 소리와 함께 술병이 둥실 떠오르더니 백무선의 손아귀로 날아갔다.

"가진 자질에 절망하고, 현실에 절망하고 있을 뿐입니다. 더 해서 무엇 하느냔 생각에 술을 마시기 시작했고, 그로는 재미가 부족하여 마약도 해보았지요. 여자도 안고."

"그래서 이 모양 이 꼴로 전락했다는 것이냐……!"

"권장법을 쓰는 내가 왼팔을 잃었습니다. 절망하기에는 충분하지 않습니까?"

"외팔이로도 충분히 살아갈 수 있다."

"나는 아닌 모양입니다."

백무선이 웃으면서 대답했다.

"소천마 위지호연과 만난다면 어르신도 내 말에 공감하게 될 겁니다."

"이 미친놈!"

광천마가 버럭 고함을 지르면서 백무선을 향해 손을 뻗었다. 백무선은 광천마의 장력을 피하지 않았다. 콰당탕 하는 소리와 함께 백무선의 몸이 침대 위를 뒹굴었다.

"고작 한 번의 패배 가지고!"

"누구에게 패배당했냐는 것이 중요한 것 아니겠습니까."

"북쪽 도시에 처박혀 있으면서 세상이 넓음을 잊고 있던 모양이구나. 이 우물만큼 작은 곳에서 왕처럼 군림하다 보니 진정으로 천하제일이 된 것이라 착각했던 것이냐?"

"분수를 알았다고 해둡시다."

백무선이 잘린 팔을 손으로 감싸며 대답했다.

"나는 말입니다, 어르신. 북쪽에서 그칠 생각이 없었습니다. 언젠가는 남하하여 정말로 천하제일에 도전해 보고 싶었습니다. 나는 자신이 있었습니다. 나와 비슷한 나이의 무인 중에서 나보다 나은 놈은 하나도 없었으니까. 그런데…… 고작해야 스물둘 먹은 계집애에게 패배한 겁니다. 그냥 패배한 것이라면 극복할 수 있었겠지요. 그런데…… 아니었어요. 소천마, 그 괴물이 가진 부조리할 정도의 재능과 강함은 스스로를 천재라 여기던 나 자신을 붕괴시키기에 충분했지요."

"이 병신 같은 놈."

광천마가 이를 갈며 내뱉었다.

"소천마, 그 계집이 스물둘이라 했느냐? 에라이 등신 같은 놈아. 나이가 대체 뭐라고! 당장 나는 아까 전에 스물셋 처먹은 놈에게 뒈질 뻔했는데!"

"……그건 또 뭔 소리입니까?"

혈천마가 눈썹을 찡그리며 물었다.

사흘이 지나고서, 이성민은 광천마와 다시 만나기 위해 약속 장소로 잡았던 북쪽 성문 근처의 여관으로 돌아왔다.

숙식할 예정은 없었기 때문에 1층의 식당으로 들어가 자리를 잡고 앉아 있으니, 품 안에 들어가 있던 루비아가 슬며시 몸을 빼내 빛의 구체에서 수인의 모습으로 변신했다.

"안 오는 것 아닌가요?"

"올 겁니다."

그에 대해서 이성민은 확신을 가지고 있었다. 광천마는 이성민의 말을 완전히 거역할 수가 없다. 그것은 광천마의 몸 안 깊이 새겨진 허주의 요력 때문이고, 광천마가 오겠다고 한 이상 그는 이곳에 올 수밖에 없다.

[그럴 수밖에 없지. 놈이 도망친다면 놈의 몸 안에 있는 내 요력이 발작할 거야.]

허주가 확신에 찬 목소리로 말했다. 이성민도 그에 대해서는 어렴풋하게나마 믿음을 가지고 있었다.

사흘 동안 이성민은 중앙 지구의 여관에서 숙식했다.

제니엘라의 저택에 가는 것도 가능했겠지만 가지 않았고, 김종현의 집에도 가지 않았다. 그 둘은 이성민으로서는 속내도 알 수가 없었고 통제도 불가능한 사람들이었다.

특히 김종현의 속내가 신경 쓰였지만 괜히 얽히고 싶지 않아 아예 접근하지도 않았다.

그렇게 사흘을 보냈다. 그 사흘 동안 이성민은 광천마와의 싸움에서 얻은 심득을 갈무리했다. 물론 이미 알고 있었던 것들, 알고는 있었어도 펼치지 못했던 것들을 확실하게 체득한 것뿐이다.

정신세계에서 도달했던 무위까지는 아직 까마득했지만, 느릿하게 성장하던 몸뚱이가 광천마와의 생사결에서 폭발적으로 성장했다.

'이게 진화인가.'

이성민은 왼쪽 가슴을 꾹 누르면서 생각에 잠겼다.

프레스칸에게 들었던 심장의 능력은 포식을 통한 진화. 그중 포식은 도저히 하고 싶은 마음이 들지 않았지만, 진화는 이성민의 의지와 상관없이 멋대로 몸을 성장시키고 있었다.

이전과의 차이점은 그 진화하는 방향의 끝에 확실한 목표가 있다는 점이었다.

현재 이성민의 목표로 삼고 있는 것은, 다름 아닌 이성민 자신이었다.

루비아의 귀가 쫑긋거렸다.

덜컥 하는 소리와 함께 1층 식당의 문이 열린다. 이성민은 머리를 돌려 문을 보았다. 광천마가 성큼거리며 문 안으로 들어왔다.

"……뭡니까?"

이성민은 광천마의 뒤를 따라 들어오는 남자를 보면서 물었다.

남자는 큼직한 옷을 입어 체구를 알 수가 없었으나, 왼팔 소매가 부는 바람에 크게 흔들리고 있었기에 외팔이라는 것은 알 수 있었다.

"……크흠."

광천마는 이성민에게로 다가오면서 헛기침을 뱉었다.

이 갑작스러운 만남에 대해 이성민에게 어떻게 설명해야 할지 그 스스로도 망설이고 있는 모양이었다.

이성민은 광천마를 보지 않고 그의 뒤에 우두커니 서 있는 백무선을 빤히 보았다.

외팔이라는 것도 그렇고 느껴지는 기세가 심상치 않다.

그것을 통해 이성민은 상대가 그 유명한 백무선이라는 것을 알게 되었다.

"……어이가 없군."

먼저 입을 연 것은 백무선 쪽이었다. 그는 얼굴을 일그러뜨리며 이성민을 보다가 광천마를 돌아보았다.

"나에게 거짓말을 한 겁니까?"

"무슨 거짓말 말인가?"

"나는 어르신을 죽일 뻔했다는 젊은 고수에게 흥미가 있던 겁니다."

백무선이 짜증 가득한 목소리로 내뱉었다.

"저놈, 제법 뛰어나다는 것은 알겠지만 어르신을 죽일 수 있을 정도는 아닙니다. 나를 기만하신 겁니까?"

"본좌는 사실을 말했을 뿐이다. 나는 틀림없이 저 녀석의 창에 죽을 뻔했다."

광천마가 흔들림 없는 목소리로 말했다.

그는 자신의 목을 움켜쥐었던 이성민이, 평소의 이성민과는 다른 존재라는 것을 어렴풋하게 알고 있었다.

그것을 둘째 치고서라도 이성민의 창이 광천마의 목숨을 위협했다는 것은 틀림없는 사실이었다.

그 위협에 놀라 혈환신마공의 오의를 펼쳤고, 만약 오의를 펼치지 않았더라면 이성민의 창이 광천마의 목숨을 앗아갔을 것이다.

"소천마 위지호연에게 비견되는 천재."

백무선이 힘을 주어 말했다.

"어르신은 나에게 그렇게 말했었습니다."

"나도 모르는 사이에 얼굴에 금을 잔뜩 칠하셨군."

이성민은 어이가 없어서 그렇게 중얼거렸다.

그 말을 듣고서 광천마는 헛기침을 뱉었고, 백무선은 다시 이성민을 보았다.

이성민은 삐딱하니 머리를 기울이고서 백무선을 보았다.

"당신이 그 유명한 혈천마 백무선입니까?"

"한때는 유명했겠지. 아니면 지금도 나쁜 의미로 유명하던가."

백무선은 광천마에게 속았다고 생각하여 불쾌한 모양이었

지만 그렇다고 해서 자리를 떠나지는 않았다.

그는 허락도 구하지 않고 이성민의 맞은편에 앉고서는 식당 종업원을 불러 세웠다.

"술."

백무선이 짤막한 주문을 명령하는 동안 광천마는 냉큼 백무선의 곁에 앉았다.

[대체 뭐 하는 겁니까?]

이성민은 광천마에게 전음을 보냈다.

광천마는 백무선의 눈치를 힐긋 살피더니 대강의 상황에 대해 이성민에게 알려주었다.

백무선이 위지호연과의 싸움에서 패배한 것으로 인해 깊이 절망하고 있는 것, 무인으로서 완전히 망가져서 처참한 하루를 이어가고 있는 것에 대해서.

[그게 나랑 뭔 상관입니까?]

[놈은 세상이 넓다는 것에 절망해 버렸네. 그러니까 자네가 좀…….]

[내가 그에게 뭘 해줄 수 있다는 겁니까?]

[사실 자네가 해줄 수 있는 것은 없지.]

광천마가 그렇게 대답했을 때 백무선이 주문한 술이 나왔다.

잔조차 쓰지 않고 벌컥벌컥 술을 마시는 백무선을 힐긋거리며 광천마가 말했다.

[친구라도 하는 것이 어떤가?]

"이런 미친."

광천마의 말에 이성민은 어이가 없어서 그렇게 내뱉고야 말았다.

친구는 무슨. 대뜸 이렇게 마주 앉혀놓고서는 친구를 하라니. 개소리도 이런 개소리가 따로 없었다.

[아, 그런데…… 사흘 동안 자네에게 따귀를 못 맞았는데. 괜찮은 것인가?]

광천마가 내심 불안해하던 것에 대해 물었다. 그것에 이성민은 냉큼 대답했다.

[매일 주문은 틀림없이 외웠겠지요? 그렇다면 괜찮습니다. 그래도 혹시 모르니 이따가 저한테 밀린 따귀를 한꺼번에 맞으십시오.]

[알겠네.]

이성민과 광천마가 그런 전음을 나누는 사이에 백무선은 술 한 병을 통째로 비웠다.

그는 술 냄새 가득한 숨을 내뱉고서 싸늘하게 식은 눈으로 이성민을 보았다.

"그러고 보니, 아직 네 이름도 듣지 못했군."

"이성민이라고 합니다."

"처음 듣는 이름인데."

귀창이라는 별호는 제법 유명한 것일 텐데도 백무선은 모른다고 대답했다. 그것은 위지호연에게 패배를 겪고서 백무선이 바깥의 소문 따위에게 완전히 관심을 거둔 탓이었다.

"네가 광천마 어르신을 죽일 뻔하였다는데. 그게 사실이냐?"

"어르신이 그랬다고 말했다면 그런 것이겠지요."

"웃기는군."

이성민의 대답에 백무선이 웃음을 터뜨렸다.

이성민은 백무선에게서 느껴지는 짜증과 삐딱한 태도에 내심 짜증을 느꼈다. 그는 손을 쥐었다 펴면서 물었다.

"뭐가 웃기다는 겁니까?"

"네가 약하다는 것은 아니야. 실력은 뛰어나지…… 그건 인정해. 하지만 광천마 벽원패를 죽일 정도라고는 도저히 생각할 수가 없군."

"그래서?"

"운이 좋았거나, 어르신이 방심했거나."

백무선이 이죽거렸다. 백무선의 얼굴을 빤히 보던 이성민이 입을 열었다.

"그러면 당신은 방심해서 소천마에게 팔이 잘렸습니까?"

그것은 백무선의 역린이었다.

'소천마'라는 이름이 나온 순간 백무선의 얼굴이 싸늘하게 식었다.

광천마도 뺨을 움찔 떨고서 이성민을 보았다.

하지만 이성민의 표정은 평온했다. 자신이 말한 것이 백무선의 역린이라고 한들, 그것이 무슨 상관이란 말인가.

보자마자 짜증을 숨기지 않고 시비 걸듯이 말하는 백무선이 엿 같은 것은 이성민도 똑같았다.

"……죽고 싶으냐?"

"아니, 정말 궁금해서 물었을 뿐입니다. 당신이 믿거나 말거나 자유인데…… 나는 반년 전쯤에 소천마와 만났었거든요."

"뭐?"

백무선의 눈이 크게 떠졌다. 놀란 것은 광천마도 마찬가지였다.

이성민은 자신을 보는 광천마를 힐긋 보면서 말을 이었다.

"예전에, 나는 이런 말을 들었습니다. 지금의 에리아에는 세 명의 천마가 있다고. 소천마 위지호연, 혈천마 백무선, 광천마 벽원패. 어쩌다 보니 나는 그 세 명을 모두 만나게 되었군요. 소천마는 의심할 여지 없는 괴물이었고, 광천마 어르신도 마찬가지였습니다. 그런데…… 당신은."

"닥쳐라."

백무선이 작은 목소리로 중얼거렸다. 그는 이성민이 뒤이어서 할 말이 무엇인지 이미 알아차리고 있었다.

이성민은 혈천마의 살벌한 시선을 받으면서 말을 이었다.

"둘과 비교해서 가장 떨어지는군요."

광천마는 둘을 말리지 않았다. 광천마는 내심 지금의 상황이 잘되었다고 생각했다. 백무선이 가지고 있는 마음의 병은 압도적인 존재에 대한 열등감이다.

광천마는 위지호연을 직접 만나본 적이 없었으나, 그 백무선이 저리도 절망할 정도이니 위지호연이 어느 정도의 괴물인가에 대해서는 내심 짐작하고 있었다.

가장 좋은 것은 위지호연과 다시 한번 싸워보는 것일 테지만, 위지호연이 어디에 있는지도 모르는 이상 그런 방법은 쓸 수가 없다.

그렇다면 차라리 세상이 넓다는 것을 확실하게 알게 만드는 편이 좋을 것이다. 위지호연과 크게 나이 차이가 나지 않는 젊은 고수와 비등한 싸움을 벌인다면 백무선도 깨달을 수 있을 것이다.

광천마다운 무식한 고육지책이기는 했지만 백무선은 광천마가 바라던 대로 움직였다.

그는 자리에서 벌떡 일어서더니 이성민을 노려보았다.

백무선의 발아래에서 시뻘건 안개가 몽글거리며 솟구쳤다. 백무선에게 혈천마라는 별호를 준 혈무유야공(血霧幽夜功)이 펼쳐지기 시작했다.

"죽고 싶으냐고 물었다."

"한 팔로 괜찮으시겠습니까?"

이성민은 백무선을 올려 보면서 물었다. 그 질문은 도발이었다.

호기심과 욕심이기도 했다. 몇 년 전에 위지호연은 백무선과의 싸움에서 일방적으로 그의 왼팔을 잘랐다.

그 몇 년 전의 위지호연. 지금의 위지호연과는 비교도 할 수 없을 정도로 약한 위지호연이 혈천마의 팔을 잘랐단 말이다.

그때의 혈천마와 지금의 혈천마를 비교해 본다면 왼팔이 잘린 혈천마가 몇 년 전의 혈천마보다 약할지도 모른다.

그렇다고는 해도 확인해 보고 싶었다.

'지금의 나는 어디까지 온 것일까.'

위지호연과 싸워본 혈천마와 싸워 승리를 거둔다면 어디까지 온 것인지 확인할 수 있지 않을까.

이성민은 가슴이 두근거리는 것이 느껴졌다.

전생에서는 꿈도 꾸지 못한 일들이다. 과거로 회귀한 이후로 전생에서는 절대로 일어나지 않을 일들과 만남을 맞닥뜨리고 있다.

13년의 세월을 살아 C급 용병에 그쳤던 이성민이라는 인간이, 지금은 북쪽 트라비아에 군림했던 혈천마 백무선과 싸우려 한다.

그뿐인가. 이미 광천마와의 싸움에서도 살아남았다.

이성민은 감정이 고양되는 것을 느끼며 천천히 몸을 일으켰다.

"못 살아, 정말……!"

이성민의 곁에서 귀를 축 늘어뜨리고 있던 루비아가 한숨을 푹 내쉬면서 중얼거렸다.

살기가 줄줄 묻어 나오는 눈으로 이성민을 노려보던 혈천마는 식탁 위의 술병을 낚아챈 뒤에 홱 하고 몸을 돌렸다.

"밖으로 나와라."

열 받은 것이 분명해 보이는데.

대뜸 공격하지 않는 것을 보면 백무선은 제법 이성적인 성격인 모양이었다.

성큼거리며 식당을 나서는 백무선의 뒤를 보던 이성민은 광천마 쪽을 힐긋 보았다.

"따귀 맞을 준비나 하고 계십시오."

"크흠!"

광천마가 모르는 척 헛기침을 뱉었다.

이성민은 창을 꺼내 쥐고서 식당 밖으로 나왔다.

거리 중앙에 선 혈천마는 붉은 안개의 중심에 서 있었다. 부랑자와 양아치 따위를 제외하면 사람이 그리 많지 않은 북쪽 지역이었지만 그래도 아주 사람이 없는 것은 아니다.

"저거…… 혈천마 아닌가?"

사람들이 웅성거리는 소리를 냈다. 백무선은 그 소리를 무시하고서 식당에서 나오는 이성민을 노려보았다.

"헛소리를 한 것에 대한 대가를 치러야 할 것이다."

백무선이 이성민을 노려보며 내뱉었다. 이성민은 창을 들어 올리면서 머리를 가로저었다.

"할 수 있다면야."

"시건방진 놈……!"

백무선이 거친 목소리로 일갈했다.

그가 오른팔을 번쩍 들어 올리자 혈무유야공의 붉은 안개가 크게 부풀었다.

그것은 백무선의 손길에 따라 죽음의 행진이 되어 이성민을 향해 덮쳤다.

이성민은 당황하지 않고 침착하게 걸음을 움직였다.

무영탈혼의 일보무흔은 몰아치는 안개를 뛰어넘고서 백무선과의 거리를 좁혔다.

백무선은 코웃음을 치면서 발을 크게 들어 올렸다.

쏘아졌던 안개가 흩어져 사라지더니 다시 그를 중심으로 붉은 안개의 범위가 확장되었다.

이성민은 창을 내지르는 것을 그만두고서 상체를 홱 하고 돌렸다.

꽈앙!

휘둘러 친 창춘과 붉은 안개가 충돌했다.

안개라 하여 실체가 없는 것이라 생각했는데, 아니었다.

손아귀에서 느껴지는 저항감.

이성민은 백무선의 혈무유야공이 어떤 무공인지 대충 깨달았다.

'안개 자체가 강기로군.'

강기공이라는 점에서는 광천마의 혈환신마공과 같았지만 추구하는 바는 완전히 다른 것 같았다.

안개의 중심에 선 백무선이 이성민을 노려보면서 이죽거렸다.

"말하지 않았느냐. 너는 그리 대단하지 않다고."

"……뭘 얼마나 보여줬다고."

이성민은 그렇게 중얼거리면서 쥐고 있는 창에 내공을 불어넣었다.

지금의 이성민은 꽤 기묘한 기분을 느끼고 있었다.

위지호연의 도플갱어, 광랑 주원, 뱀파이어 퀸 제니엘라, 광천마 벽원패.

연달아 마주쳤던 저 괴물들과 마주했을 때에는 죽을지도 모른다는 공포와 긴장을 느꼈었다.

그런데 지금은.

'편하군.'

질 것 같다는 생각이 안 들었다.

떠도는 안개의 중심에서 백무선은 이성민을 노려보았다.

창을 앞으로 세우고 정지한 이성민에게서 파고들 틈은 보이지 않는다.

'몸이 굳었군.'

백무선은 새삼 그것을 절감할 수밖에 없었다. 위지호연에게 한쪽 팔이 잘린 후로 3년이 흘렀다.

처음에는 복수를 다짐하면서 무공 수행에 박차를 가했으나, 그로부터 그리 오랜 시간이 흐르지 않아 백무선은 무공의 수행을 그만두었다.

해봤자 소용없다는…… 그 현실을 마주해 버린 탓이다.

그 이후로는 술에 빠져 살았다. 마약도 해보았고, 여자도 물리도록 안았다.

이렇게 될 것임은 그때부터 알고 있었다.

언젠가, 마음을 다잡고 무공을 다시 펼치려 할 때 그간의 게으름과 절망으로 무뎌지고 굳어진 몸뚱이가 원망스러울 것임을.

'아니, 오늘은 아니야.'

백무선은 스스로에게 내뱉으면서 오른손을 꽉 쥐었다.

이성민이라고 했던가. 나이에 비해서 눈부실 정도로 높은 성취라는 것은 인정한다.

10년쯤 전, 백무선이 이성민의 나이였을 때에도 저 정도의 성취는 거두지 못했다.

하지만 경악스러울 정도는 아니다. 부조리할 정도도 아니었다.

무뎌지고 둔해졌다고 하나 백무선은 혈천마였다. 왼팔이 잘린 외팔이라고 해도 그는 혈천마 백무선이었다.

떠돌던 안개가 더욱 크게 확장한다. 백무선은 이성민을 얕게 보았다.

완성된 반박귀진은 성취를 숨기지만 백무선이 이성민을 얕게 본 것은 반박귀진 때문만은 아니었다.

자존심이었다.

위지호연을 만나기 전의 백무선은 자신이 최고라고 생각했다. 동년배의 고수 중에서 자신보다 뛰어난 이는 없다고 생각했다.

오랜 세월이 지나지 않아 초월지경에 들어설 것이라고 믿어 의심치 않았다.

위지호연에게 패배를 겪어 절망하게 되었고, 그 높았던 자존심이 백무선을 깊은 수렁으로 밀어 떨어지게 만들었지만.

그것은 위지호연이 특출한 존재였기 때문이다. 부조리할 정도의 천재였기 때문이다.

'너는 위지호연이 아니야.'

그런 섣부른 판단.

소리가 나지 않았다. 그것은 그만큼 빠른 공격이었고 백무선의 섣부름을 질책하는 듯한 매서운 쾌(快)였다.

그 시점에서도 백무선은 자신의 혈무유야공을 믿고 있었으며 이성민의 얕음을 확신하고 있었다.

쿠우우우웅!

극쾌의 절명섬은 소리보다 빠르다.

눈으로 좇는 것도 힘든 그 극쾌의 찌르기는 일격으로 혈무유야공의 방어를 뒤흔들었다.

찌름이 얕다. 조금 더 깊이 들어갈 줄 알았는데.

'일격에 파훼하기는 힘들어.'

절명섬은 극쾌만을 추구한다. 두꺼운 방어를 꿰뚫기에는 조금 부족할 수밖에 없다.

이성민은 미련 없이 창을 회수하고서 발을 움직였다.

무영탈혼의 삼식인 이보겁살은 단 두 걸음 만으로 상대를 죽이는 것을 추구한다.

이성민은 강기만을 다루는 강기공은 배우지 않았으나, 무영탈혼은 걸음만으로 자연스럽게 강기를 유도하는 보법이다.

이보겁살의 강기가 사납게 폭사했다.

백무선은 휩쓸어 오는 강기의 거셈에 흠칫했다.

이보겁살과 혈무유야공이 충돌했다. 백무선은 안개가 흐트러지는 것을 보면서 이를 악물었다.

그는 급히 오른손을 휘둘러 이성민의 진로를 차단하려고 하였으나, 백무선의 손이 휘둘러지기 전에 쏘아진 창이 백무선의 가슴팍으로 향했다.

"놈!"

백무선이 노성을 터뜨렸다. 그는 휘두르던 오른손을 가슴 앞으로 당기더니 활짝 펼친 손을 반 바퀴 돌렸다.

흐트러지던 안개가 회전하더니 그 흐름에 이성민의 창이 휘말린다.

창을 쥔 손이 회전에 휘둘린다. 이성민은 저항하지 않고 그대로 창로를 바꿔 버렸다.

회전과 회전이 더해지고, 이성민의 발이 한 걸음 더 앞으로 나아갔다.

반면에 백무선은 두어 걸음 더 뒤로 물러섰다.

꽈아앙!

엉킨 강기가 사방으로 폭사했다.

방금의 초수 교환을 통해 백무선이 본 이성민의 경지는 대폭 수정될 수밖에 없었다.

내력 싸움에서 조금의 이득도 보지 못했다. 그것에 백무선은 경악할 수밖에 없었다.

'이런 말도 안 되는……!'

이를 악물고서 내력을 더욱 끌어올린다.

혈무유야공이 극성으로 펼쳐졌다.

사방으로 뿜어지는 붉은 안개의 색이 더욱 진해졌다. 그것은 이제는 안개가 아니라 공중에 붉은 물감을 들이부은 것 같은 모습이 되었다.

백무선은 과감하게 앞으로 나섰다. 그는 왼팔 소매를 펄럭거리며 이성민에게 뛰어들었다.

쾅쾅 내리찍는 발이 땅을 밟을 때마다 지진이라도 난 것처럼 주변이 뒤흔들리고 안개가 들끓었다.

활짝 펼친 백무선의 일장이 이성민의 몸으로 쏘아졌다.

광천마의 장법만큼 거친 묵직함은 덜했으나 뒤따르는 안개의 기묘함이 거슬린다.

이성민은 손안에서 창을 빙글 돌리면서 구천무극창의 일초, 추혼일살을 뻗었다. 절명섬처럼 빠르지는 않지만 다른 준비 동작 없이 바로 펼칠 수 있어 범용성이 좋은 초식이다.

콰앙!

창과 손바닥이 충돌했다.

서로 강기를 덧칠했다고는 하나 울려 퍼지는 소리는 살로 이루어진 손과 창이 부딪힌 것이라고는 상상할 수 없을 정도로 크다.

백무선은 반사적으로 왼쪽 어깨를 움찔 떨었다. 왼손을 써서 장법을 더하려는 것이었으나 지금의 백무선에게 왼손은 없다.

일상생활이라면 모를까 지금처럼 무공을 겨루는 것에서 왼팔이 없다는 것은 아직까지 백무선에게는 어색했다.

'무뎌졌어……!'

그런 뒤늦은 후회. 백무선은 왼팔이 없음을 새로이 자각하고서 발을 들어 올렸다.

그는 무기를 사용하지 않는 대신에 온몸을 사용한 무투에 능했고 그의 장기는 양손을 사용하는 권법이나 장법만이 아니었다.

이성민은 꺾어 차오는 발뒤꿈치를 피해 자세를 낮추었다. 동시에 창을 잡은 양손을 아래로 깊이 내려 백무선의 하체를 노렸다.

창이라고 해서 찌르는 것만이 전부는 아니고, 찌르고 회수할 거리가 확보되지 않는다면 휘둘러 때리면 될 뿐이다.

스스로 무뎌졌다고 자책하기는 했어도 백무선은 녹록한 상대는 아니었다.

한때 혈천마라는 별호로 불리던 백무선은 여전히 뛰어난

고수였다. 그는 다리를 휘두르던 자세 그대로 땅을 딛고 있던 왼발을 튕겨 공중으로 도약했다.

백무선은 디딜 곳 하나 없는 공중에서 허리를 비틀면서 자세를 완전히 바꾸었다. 그러더니 높이 들어 올린 오른발을 이성민의 정수리를 향해 내리찍었다.

일보무흔을 펼쳐 백무선의 공격을 피한다. 잔상을 머리 위부터 짓누른 백무선의 발은 땅 전체를 뒤흔들고 금이 가게 만들었다.

백무선은 홱 하고 몸을 돌려 이성민을 쫓아 일장을 때렸다. 붉은 안개가 길게 쏘아지면서 이성민을 덮치려 들었다.

이성민은 즉시 분뢰추살을 펼쳐 백무선의 장법을 밀어냈다.

백무선은 뻗어낸 장법에 미련을 두지 않고서 이성민과의 거리를 좁히려 들었다. 창의 이점을 제대로 살리게 하지 못하게 만들기 위해서였다.

이성민은 백무선이 뛰어들어 오는 것을 보며 호흡을 멈추었다.

창을 잡은 양팔에 내력이 유입된다. 그것이 시작이었다. 이성민이 찌르는 창에 수많은 변화가 깃들었다.

백무선은 시야를 가득 덮는 창을 보면서 혈무유야공을 극성으로 끌어올렸다.

꽈아앙!

무식한 육탄 돌격과 이성민의 창격이 충돌한다. 호신강기이자 공격기로 삼았던 안개가 흩어진다.

일반적인 호신강기와 강기라면 저렇게 흩어져 버린다면 그대로 소멸해 버리겠지만 백무선의 혈무유야공은 다르다. 흩어진 안개가 멀찍이서 다시 백무선을 향해 이어진다. 그리고 그중 일부는 이성민의 등 뒤로 돌아갔다.

어느새 이성민은 안개의 중심에 서 있었다. 그것이 백무선의 노림수였다. 그는 오른손을 크게 펼치더니 주먹으로 쥐었다.

그러자 이성민의 주변을 휘감은 안개가 틈 없이 이성민을 향해 덮쳐 왔다.

"혈무폭살(血霧爆殺)!"

백무선이 고함을 질렀다. 그것은 소리 없는 죽음의 예고였다.

틈은 없다. 공도로 길을 뚫어볼까? 아니, 그것보다는.

이성민은 발을 들었다.

이 몸뚱이로 펼치는 것은 처음이었으나 지금은 사용할 수 있다는 근거 없는 확신이 느껴졌다.

아니, 근거는 있었다. 증명되지 않았을 뿐이다.

할 수 있다는 믿음.

무영탈혼 사식(四式), 이보유련(二步柔漣).

연달아 뻗은 두 걸음이 풍경을 일그러뜨린다.

덮쳐 오는 안개가 이보유련이 만들어낸 걸음의, 그 기묘한 힘의 휘두름에 엉킨다.

이성민을 중심으로 만들어진 거센 흐름이 원을 그린다.

붉은 안개가 원의 흐름에 엉키더니 백무선이 의도했던 공격의 형태에서 완전히 벗어나 버렸다.

파아앙!

안개가 흩어진다. 그것은 이전처럼 백무선에게 이어지지 않고서 완전히 흩어져 사라져 버렸다.

완전히 파훼되어 버린 것이다. 백무선은 이성민이 혈무폭살을 파훼할 것이라고는 생각하지 못했기 때문에 입을 쩍 벌려 당황할 수밖에 없었다.

하지만 뒤늦게 정신을 차린다. 이성민의 창이 사납게 쏘아졌기 때문이다.

그는 급히 오른손을 앞으로 내질렀다. 꽉 쥔 주먹은 일권.

이성민은 백무선의 주먹과 정면으로 충돌하는 것보다는 손목을 약간 틀었다.

창의 궤적이 위로 바뀌면서 백무선의 주먹을 비켜 올라간다. 그러면서 이성민은 발을 앞으로 쭉 뻗었다. 창두는 하늘로 올라갔지만 창준은 이성민이 손으로 밀어내면서 둔기가 되었다.

꽈아앙!

백무선의 몸을 감싼 혈무유야공의 안개가 흩어졌다. 백무선은 내장이 뒤흔들리는 것 같은 충격을 느끼면서 몇 걸음 뒤로 물러섰다.

괜찮다. 이 정도 충격이라면 버틸 수 있다.

하지만 흩어진 안개를 다시 끌어오기 전에 이성민의 창이 재차 움직였다.

이성민은 찌르는 것보다는 휘두르는 것을 중점으로 하여 창간 전체를 무기로 삼았다.

"크으읍!"

왼쪽 어깨를 때려오는 공격에 백무선은 대응할 수가 없었다.

왼팔을 쓸 수 있다면 어떻게 잡기라도 할 수 있었을 텐데.

하지만 왼팔은 없다. 없는 왼팔을 대신에 백무선은 허리를 비틀었다. 오른손으로 대응하기 위해서였지만 이성민은 기다렸다는 듯이 창을 뒤로 빼냈다.

'미숙해.'

백무선의 혈무유야공은 뛰어난 무공이었지만 백무선은 외팔이로서의 싸움에 미숙했다.

왼팔의 틈을 메우는 것을 할 줄 모른다. 팔이 잘리고서는 제대로 싸움을 해본 적도 없는 것인지, 싸울 때마다 왼팔의 틈이 부각된다.

그것을 중점으로 노리기 시작하니 백무선은 맥을 추지 못했다.

혈무유야공을 제대로 펼치기 전에, 창을 창으로 사용하지 않으면서 공격을 몰아치니 백무선은 오른팔을 허우적거리면서 비틀거렸다.

"이 자식……!"

치명적인 공격은 없다. 하지만 얕게 끊어치는 공격은 백무선을 분노하게 만들었다.

격정적으로 동요하는 백무선과는 다르게 이성민은 평온했다.

크게 뻗던 백무선의 다리 틈 사이로 이성민은 창을 밀어냈다.

백무선이 흠칫 놀라 다리를 빼내려 했지만 이성민은 밀어낸 창을 백무선의 오금 쪽으로 비틀어 당겼다. 그러자 백무선은 중심을 잡지 못하고 자리에 주저앉아 버렸다.

"다리를 꿰뚫을 수도 있었습니다."

이성민은 주저앉은 백무선을 내려 보면서 그렇게 말했다. 백무선은 입술을 부들부들 떨면서 이성민을 올려 보았다.

"왼쪽 어깨를 뚫을 수도 있었고, 가슴이나 옆구리…… 머리까지. 나는 몇 번이고 당신에게 치명상을 입힐 수 있었고, 당신을 죽일 수 있었습니다."

"이…… 이……!"

"소천마와 비교해서 나는 어떻습니까?"

이성민의 질문에 백무선은 입을 다물었다. 그는 아랫입술에 피가 나도록 깨물면서 이성민을 노려보았다.

"……지렁이와…… 용이 비교가 된다고 보느냐?"

"그렇다면 당신은 지렁이보다 못하다는 거군."

백무선이 내뱉은 말에 이성민은 머리를 주억거리며 대답했다.

백무선의 몸이 덜덜 떨렸다. 살기가 가득 담긴 시선이 이성민에게 쏘아진다.

이성민은 그런 백무선의 시선을 무시하고서 몸을 돌렸다.

광천마는 착잡한 눈으로 하고서 이성민과 백무선을 보았다.

이성민의 승리를 예상하기는 했다. 하지만 이렇게 쉽게, 이렇게 일방적으로 승리를 거둘 것이라고는 생각하지 못했다.

'무선이의 왼팔이 잘려서…… 그것도 있겠지만.'

사흘 전에 싸웠을 때보다 더욱 수법이 좋아졌다. 특히나 혈무폭살을 파훼시킨 수법은 대체 무엇인지 감이 잡히지 않는다.

보법…… 이었던 것 같기는 한데. 확실한지도 모르겠다. 분명 이 눈으로 직접 본 것인데도 제대로 확신할 수가 없다니.

"들어가 있겠습니다."

이성민은 백무선과 다른 이야기를 하고 싶은 마음이 없었다.

용과 지렁이…….

백무선이 악에 받쳐 내뱉은 말이 귓가에 남았지만 크게 신경 쓰지는 않았다.

'지렁이라도 되어서 다행이로군.'

그런 생각을 했을 뿐이다. 루비아가 어쩔 줄 몰라 하다가 이성민과 함께 식당으로 돌아가자 광천마는 한숨을 쉬면서 백무선에게 다가갔다.

"너무 실망하지는 마라. 단지 세상이 넓을 뿐이니까."

"……하하……."

백무선은 실없는 웃음소리를 내면서 비틀거리며 몸을 일으켰다.

"세상이 넓어서 뭐 어쩌라는 겁니까. 나라는 존재가 이리도 하찮고 작다는 것을 절감했을 뿐인데."

백무선은 그렇게 내뱉으면서 몸을 돌렸다.

광천마는 백무선을 붙잡고 싶었으나 여기서 백무선을 붙잡아 봐야 아무것도 해줄 수 없다는 것을 알았기에 들었던 손을 내려놓았다.

패배를 극복하는 것은 스스로 해야 할 일이다.

3년 동안 망가져 있었고, 그로 인해 패배함을 알았다면…… 극복하려 할 것이다. 그래야만 한다.

'할 수 있을 것이야.'

광천마가 기억하는 백무선은 그런 무인이었다.

백무선은 비틀거리며 걸으면서 주변을 노려보았다.

이성민과의 싸움을 보았던 사람들은 백무선의 사나운 표정을 보고 움찔하여 시선을 피했다.

살의가 끓어오른다.

저들 모두가 자신을 비웃는 것처럼 느껴졌다. 백무선은 이를 악물고서 걸음을 재촉했다.

그것은 백무선이 패배감과 더불어 품은 최후의 자제심이었다.

'빨리.'

이곳을 떠나고 싶었다. 그렇지 않다면 이곳의 모두를 죽여버릴 것만 같았기에.

백무선은 발을 질질 끌면서 자신의 집으로 돌아왔다.

낡아빠진 집은 한때 혈천맹의 정점에 섰던 혈천마라는 이름에 걸맞지 않게 초라하다.

백무선은 이를 악물고서 하나밖에 남지 않은 손으로 문을 밀어 열었다.

분노와 살의, 그리고 수치심이 백무선의 가슴 안에서 회오리치고 있었다.

이곳까지 오는 걸음 전부가 무거웠다. 힐긋거리며 이쪽을 보는 시선 전부가 자신을 비웃는 것처럼 느껴졌기 때문이다.

"……괴물……."

백무선이 입을 벌려 작은 소리로 중얼거렸다.

집 안에서 익숙한 냄새가 나고 있었다. 술 냄새, 마약 냄새. 그런 것들이 아닌 다른 익숙한 냄새.

백무선은 이를 악물고서 냄새가 나는 곳으로 발을 옮겼다.

피투성이의 침대에 제니엘라가 앉아 있었다. 기모노를 입었던 지난번과는 다르게, 오늘의 제니엘라는 몸에 착 달라붙는 검은 드레스를 입고 있었다.

침대 위에서 다리를 꼬고 있던 제니엘라는 걸어 들어오는 백무선을 보지 않고서 입을 열었다.

"추해라."

제니엘라가 쿡쿡거리며 웃는 소리를 냈다.

"4년 전만 하더라도 이곳 트라비아에서 당신을 무시하는 사람은 아무도 없었죠."

소곤거리는 말을 통해 백무선은 깨달았다. 제니엘라가 모든 것을 지켜보고 있었음을.

놀랄 일은 아니었다. 트라비아에는 제니엘라의 눈과 귀가 도처에 흩뿌려져 있다.

제니엘라가 거주하는 중앙 지구가 아니라고 해도, 북쪽 지구에서 그런 소란을 부렸으니 제니엘라가 모를 리가 만무했다.

"어떤 기분인가요?"

제니엘라가 꼬고 있던 다리를 바꾸며 물었다.

백무선은 몇 번이나 씹었던 아랫입술을 다시 씹었다. 짓이겨진 입술이 터져 피가 흘렀으나 백무선은 개의치 않았다. 그는 제니엘라의 말을 무시하려 하면서 발을 질질 끌며 걸었다.

"4년 전에 당신이 패배하지 않았다면 어떻게 되었을까요? 당신의 팔이 잘리지 않았다면? 절망하지 않고서 4년 동안 정진했다면, 오늘 당신은 패배하지 않았을지도 몰라요."

듣고 싶지 않았다. 백무선은 떨리는 손을 뻗어 술병을 들어 올렸다.

반조차 남지 않은 술병이기는 하였어도 백무선은 그것을 단숨에 입에 털어 넣었다.

"당신은 계속해서 주저앉아 있겠지요. 그러는 동안 당신의 팔을 자른 소천마는 계속해서 강해질 것이고. 오늘 당신에게 패배를 준 남자 또한 계속해서 강해질 것이에요. 그건 어떤 기분인가요? 혼자 주저앉아서 아무것도 하지 않고, 앞서가는 이들의 뒤를 보는 기분은?"

"……닥쳐……."

백무선은 술병을 내려놓았다.

덜덜 떨리는 몸과 목소리는 백무선이 느끼는 비참함을 대변해 주었다.

제니엘라가 깔깔거리며 웃었다.

"아니, 그들의 뒷모습도 볼 수 없으려나? 그들은 계속해서 앞으로 나아갈 테고, 당신은 주저앉아 있을 테니…… 머지않아 그들은 당신이 볼 수 없는 곳으로 나아갈 거예요. 그리고 당신은 언제나 패배자로 남을 것이고."

듣고 싶지 않았다. 꽉 눌러 참고 있던 자괴감과 패배감, 절망감이 솟구친다.

백무선은 힘없이 자리에 주저앉았다. 그는 텅 비어버린 술병과 힘없이 처진 왼쪽 소매를 보았다.

이성민과의 싸움에서 백무선은 왼팔의 부재가 얼마나 큰 것인지 뼈저리게 느꼈다. 왼팔이 온전했더라면 그렇게까지 속수무책으로 밀리지 않았을 것이다.

다시 무공 수행을 시작한다고 해도 잘린 왼팔이 돋아날 방법은 없다.

그것이 현실이다. 그 어떤 마법이나 포션 따위를 사용한다고 해도 잘린 팔은 다시 돋아나지 않는다.

"방법은 알고 있잖아요?"

침대에 앉은 제니엘라는 유혹하는 악마처럼 소곤거렸다.

그 말에 백무선의 어깨가 가늘게 떨렸다.

몇 년 전부터 숱하게 들었던 말. 그런 말을 들을 때마다 백무선은 개소리하지 말라 일축했었다. 그렇게 말할 수 있었던 것은, 백무선의 자존심 때문이었다.

팔이 없어도 괜찮다. 지금은 이렇게 주저앉아 있지만 언젠가는 다시 일어설 수 있을 것이고, 그때가 된다면 아무 문제도 일어나지 않을 것이다.

그런 어렴풋한 믿음과 자신감이 백무선을 지탱해 왔었다.

하지만 지금은 아니었다. 잘린 팔의 부재를 뼈저리게 깨닫게 된 지금. 백무선이 이전까지 품고 있던 근거 없는 믿음은 완전히 사라져 버렸다.

"……뱀파이어가 된다면……."

백무선의 입이 열렸다. 그 말을 들은 순간, 제니엘라는 모든 것이 끝났다고 여겼다.

몇 년 동안 백무선을 유혹하면서 느꼈던 즐거움의 끝이 다가온다. 더 이상 백무선은 고민하지 못할 것이다. 그는 완전히 망가졌고, 완전히 절망했다.

'고맙게도.'

그리고 아쉽게도.

제니엘라는 자그마한 미소를 지었다. 그녀는 이성민에게 감사를 느꼈다. 이성민이 백무선을 패배시키지 않았더라면 백무선이 인외의 길을 걷겠다는 것을 선택하기까지 더 오랜 시간이 걸렸을 것이다.

동시에 아쉽기도 했다.

조금 더 즐기고 싶었는데.

'즐거운 건 언제나 끝이 나는 법이야.'

제니엘라는 백무선을 바라보았다.

주저앉은 백무선은 제니엘라를 보고 있었다. 저 간절한 눈. 갈망과 망설임이 뒤섞인 눈을 보면서 제니엘라는 혀를 내밀어 입술을 핥았다.

'그래도 괜찮아. 다음은 이미 준비되어 있으니까.'

사실 백무선보다는 이성민에게 더욱 흥미가 간다. 지금은 뱀파이어가 되기를 거부하고 있지만…… 과연 언제까지 거부할 수 있을까. 아주 작은 계기만 있다면 인간을 포기할 것 같은데.

"나를…… 흡혈귀로 만들어줘."

백무선의 입이 열린다.

그 말을 들었을 때 제니엘라는 어깨를 살짝 떨면서 전율

했다.

인간으로서의 자존심을 모두 저버리고 결국 내뱉는 저 말.

그것을 듣기 전까지의 갈등을 지켜보고, 거듭된 유혹을 통해 그것을 무너뜨리는 것이 제니엘라의 가장 큰 즐거움이었다.

제니엘라는 천천히 몸을 일으켰다.

"흡혈귀가 된다면 뭘 하실 생각이죠?"

"……그 새끼를 죽여 버리겠어."

"아하하하!"

백무선은 자신의 바람을 이루지 못할 것이다. 제니엘라가 이성민을 죽게 하지 않을 테니까.

하지만 죽음이 아니더라도, 그에 준하는 절망은 백무선을 통해 주어도 괜찮을 것 같았다. 어쩌면 그것이 계기가 될지도 모르는 일 아닌가.

"이쪽으로 와요."

제니엘라가 손가락을 까닥거리며 말했다. 그 말에 백무선이 몸을 일으키려 했다.

아니, 그렇게 말고.

제니엘라가 작은 소리로 중얼거리며 머리를 가로저었다.

"기어서."

키득거리는 웃음소리가 백무선의 얼굴을 일그러지게 만들

었다.

광천마는 퉁퉁 부은 뺨을 양손으로 잡고서 시무룩하게 앉아 있었다.

이성민은 삐딱하게 앉아서 광천마를 노려보았다. 광천마는 자신을 쏘아보는 이성민의 시선을 힐긋거리다가 한숨을 푹 내쉬었다.

"거, 너무 그렇게 보지 말게. 본좌가 다 무선이를 아끼는 마음에……."

"내가 혈천마보다 약했다면 어떻게 했을 겁니까?"

"……그랬다면 이곳에 데려오지도 않았을 것이야."

"혈천마와 대등했다고 치고, 대결 도중에 내가 혈천마에게 죽었으면 어떻게 했을 겁니까?"

"그런 일은…… 일어나지 않았을 것이라 확신했네. 본좌가 본 자네의 강함은 무선이보다 결코 못하지 않았어."

"어쨌든 죽을 뻔했으면 어쨌으려고."

"아, 거참! 만약 그런 일이 벌어졌다면 본좌가 적절하게 개입하여 막을 생각이었네!"

광천마가 참지 못하고 고함을 질렀다. 이성민은 광천마의 외침을 심드렁하니 넘기면서 빵을 집었다.

이성민의 옆에서는 루비아가 포크와 나이프를 사용해 낑낑거리며 고기를 썰고 있었다.

"볼일은 다 보신 모양이고. 내년까지는 이 근처에서 머무를 겁니다."

"내년이라니. 몇 달은 꼼짝없이 이 도시에 있어야 한다는 말인가."

광천마가 투덜거렸다. 하지만 그렇다고 싫은 티를 내는 것도 아니었다. 오히려 그는 눈을 빛내며 이성민을 응시했다.

"자네, 본좌의 제자가 될 생각은 없나?"

갑작스러운 말에 빵을 씹던 이성민의 턱이 멈추었다. 멀뚱거리는 이성민의 눈을 보면서 광천마가 말을 계속했다.

"본좌의 무공은 혈환신마공이라 하는데, 어디에 내놓아도 꿀리지 않는 신공절학일세. 에리아에는 신공절학이 많기는 하지만, 본좌가 자신하건대 혈환신마공 같은 무공은 흔치 않아."

"……딱히 무공을 더 익히고 싶은 마음은 없습니다만."

"무슨 소리를 하는 겐가? 무공은 많이 익힐수록 좋은 것이야. 제대로 쓰지 못한다고 해도, 감춰둔 무공은 비장의 한 수로 충분히 기능할 수 있지!"

이성민이 익힌 무공은 셋이다. 자하신공과 구천무극창, 무영탈혼.

무영탈혼이 보법이자 강기공의 역할을 맡고 있기는 하지만, 혈환신마공이라는 뛰어난 강기공과 비교하자면 아무래도 전문성에서 떨어질 수밖에 없다.

강기공을 익히는 것은 이성민도 욕심이 나기는 했다. 하지만 그렇다고 덥석 받을 수도 없었다.

'내 재능이 처참한 것이라.'

이성민은 쩝 하고 입맛을 다셨다.

구천무극창과 자하신공, 무영탈혼의 성취는 데니르의 시련을 통해 어느 정도 극복할 수 있었다. 부족한 재능에 끔찍한 시간을 때려 박는 식으로 말이다.

그런데 여기서 혈환신마공까지 익힌다면? 신공절학인 혈환신마공이 경지에 오르기까지 얼마나 긴 시간이 필요할까?

[꼭 그렇게 생각할 것도 없지.]

허주가 끼어들었다.

[네놈의 재능이 그리 잘나지 않다는 것은 뭐, 네놈이 그렇게 말하니 믿겠다만…… 무공이고 마법이고 결국은 만류귀종이라는 거야. 네놈 정도의 경지라면 새로이 익힌 무공도 금세 체득할 수 있을 것이다.]

'말이야 쉽지.'

[해서 나쁠 것은 없는 일 아니냐? 강기공은 범용성이 좋은

무공이다. 모든 무공에도 응용할 수 있지. 네놈이 선 경지라면 실전에 응용할 수 있을 정도까지는 빠르게 체득할 수 있을 것이고, 쓸 수 있는 수법이 많아지는 것도 좋은 일이야. 마침 네 눈앞에는 무공을 지도해 줄 놈도 있지 않으냐!]

살살 꼬셔대는 허주의 말에 이성민은 한숨을 푹 내쉬었다. 이성민이 그리 긍정적으로 생각하지 못하는 것에는 이유가 있었다.

과거 이성민은 백보신권을 익혔었지만 아직까지 제대로 사용하지 못하고 있었다.

사실 그것은 사용하지 못하는 것이 아니라 사용하지 않는 것이라고 해야 옳았다.

백보신권과 구천무극창을 비교한다면 후자 쪽이 압도적으로 뛰어난 무공이었기 때문이다.

"제자는 되고 싶지 않습니다."

"……그러면?"

"그냥 무공을 알려주면 안 됩니까?"

"이런 뻔뻔한 자식을 보았나……."

넌지시 던진 이성민의 말에 광천마가 어깨를 바르르 떨면서 내뱉었다.

그렇게 말하면서도 광천마는 제법 진지하게 생각에 잠겼다. 그리고 얼마 지나지 않아 광천마가 머리를 끄덕거렸다.

"……뭐, 상관없겠지. 광증을 극복하게 해준 것만으로도 자네는 본좌의 은인이라고 할 수 있으니."

"그건 뭐, 남쪽으로 함께 가는 것에 대한 보답으로 해주는 것인데."

"유랑 삼아서 간다고 생각하고 있으니 보답해 줄 만한 일은 아니야."

광천마는 그렇게 중얼거리면서 품 안에 손을 넣었다.

그가 꺼낸 것은 자그마한 아공간 포켓이었는데, 이성민은 광천마가 아공간 포켓을 들고 다닐 것이라고 생각하지 못해서 놀란 표정을 지어버렸다.

"그 표정은 뭔가?"

"어르신이 그런 물건을 사용할 것이라고는 생각하지 못해서."

"자네는 본좌를 어떻게 생각하는 것인가?"

본좌라는 호칭도 그렇고, 무식해 보이는 태도도 그렇고. 골수부터 무인이라고 여겼을 뿐이다.

광천마는 아공간 포켓 안에 손을 넣더니 깨끗한 서책을 꺼냈다.

"혈환신마공의 비급일세."

"왜 비급을 들고 다닌 겁니까?"

"광증을 앓기 시작한 후로, 정신이 멀쩡할 때마다 비급을 적었지. 본좌의 심득도 추가해서 말이야. 언제 죽을지 모를 때였고…… 이 세상에 광천마 벽원패라는 무인이 있었다는 증거를 남기고 싶었네."

광천마는 그렇게 중얼거리면서 혈환신마공의 비급을 이성민에게 건네주었다.

"본좌는 중원 무림에서 태어났고, 몇십 년 전에 이 세상으로 넘어왔지. 처음에는 당황했었으나 중원무림보다 세상이 넓다는 것에 감탄했고, 그것이 좋았네."

이성민은 광천마의 말을 들으면서 혈환신마공의 비급서에 손을 올렸다.

"이 넓은 세상에는 수많은 강자가 있었지. 본좌는 여태까지 운이 좋아 살아남았지만, 언제까지고 운이 좋을 수는 없다고 생각하고 있었네."

광천마는 그렇게 중얼거리면서 너털웃음을 터뜨렸다.

"인연이 닿는 자가 혈환신마공을 익혀 그것으로 천하를 독보한다면 멋질 것이라 생각했지. 설마 이런 식으로 다른 이에게 넘겨줄 것이라고는 생각하지 못했지만 말이야."

"……너무 큰 기대는 하지 마십시오."

"자네는 뛰어난 고수야. 소천마 위지호연이 대단하다고들 하지만 본좌는 소천마를 직접 본 적이 없네. 그러니 본좌가 본 어린 고수 중에서는 자네가 제일이지. 자네라면 혈환신마공을 빠르게 익힐 수 있을 것이네."

광천마의 말을 들으면서 이성민은 한숨을 삼켰다.

과연 그럴까.

그런 자그마한 걱정 속에서 이성민은 혈환신마공의 비급서를 펼쳤다.

[혈환신마공을 익히시겠습니까?]

오랜만에 들린 목소리에 이성민은 머리를 끄덕거렸다.

12월이 되었다.

이성민은 12월이 되는 동안 광천마에게 혈환신마공에 대한 지도를 받았다.

사실 그것은 혈환신마공에 대한 지도라고만 할 것이 아니라, 매일매일 대련을 반복하면서 새로운 무공에 숙달되도록 하는 것이 근본적인 이유였다.

"자네는……."

광천마는 주저앉아 쉬고 있는 이성민을 보면서 할 말을 골랐다. 잠깐 동안 말을 망설이던 광천마가 한숨을 푹 내쉬면서 말했다.

"새로운 것을 쓰는 것에 그리 익숙하지 못하군."

"그냥 까놓고 말하십시오. 멍청하다고."

이성민은 투덜거리면서 대답했다.

광천마의 심득이 들어간 혈환신마공은 구천무극창에 비견될 정도의 신공절학이었다. 그것을 익히는 것은 쉬운 일이 아니었다.

그나마 다행인 것은, 이성민이 무인으로서 도달한 위치가 높은 탓에 혈환신마공의 성취가 빠르게 오른다는 것이었다.

하지만 문제는 다른 곳에 있었다. 무공의 성취는 빠르게 올라간다고 해도, 이성민은 실전을 통해 그것을 제대로 녹일 수가 없었다.

"차라리 창수가 아니라면 좋았을 것을!"

광천마가 탄식을 흘렸다. 그는 무기를 쓰지 않고 혈환신마공만 펼쳐 싸움을 하지만, 이성민은 아니다.

전체적인 내공 조율은 자하신공을 쓰고, 창법은 구천무극창을 쓰며, 보법은 무영탈혼을 쓴다.

그 세 가지 무공은 정신세계의 수행을 통해 완전히 숙달되었다.

사실상 이성민은 그 세 개 무공에 대해서는 대성한 경험을 가지고 있었다.

그렇기에 어떻게 해야 무공을 조화롭게 쓸 수 있는지 이미 알고 있었고, 육체가 따르지 못한다고 해도 임기응변을 통해 수법을 선택할 수가 있었다.

하지만 혈환신마공은 다르다.

강기공이라는 무공은 강기만을 다루는 무공이다.

혈환신마공은 자하신공과 충돌하지 않는다. 구천무극창이나 무영탈혼과도 충돌하지 않는다.

숙달된다면 구천무극창의 초식에 혈환신마공의 강기를 더할 수도 있다.

하지만 이성민의 재능은 그것을 쉽게 만들지 않는다.

말이야 쉽지, 두 개, 세 개, 네 개의 무공을 동시에 펼치라는 것과 다름없는 말이다.

거기에 보조적인 마법까지 더한다면 찰나의 순간에 동시에 펼쳐야 할 것이 기하급수적으로 늘어난다.

그리고 싸움이라는 것이 꼭 예상대로 되는 법만은 아니라, 임기응변이나 의식, 무의식적으로 행동하기 위해서는 정말이지 피똥을 줄줄 싸댈 정도의 노력이 필요하다.

"자네는 멍청하지는 않아."

광천마가 뚱한 얼굴로 중얼거렸다. 그는 팔짱을 끼고 앉아 이성민을 응시했다.

"단지 익숙해지는 것이 다른 사람보다 느린 것이지."

"그게 멍청하다는 뜻 아닙니까?"

"아니, 그게 아니라니까. 자네가 아무 무공을 익히지 않은 상태라면 지금처럼 어려움을 겪지 않을 거야. 하지만 자네는 이미 기존의 무공들을 대가의 경지까지 익혔어. 기존의 무공들을 통해 초월지경을 목전에 두고 있는데, 거기에 새로운 무공까지 더한 것이니 손발이 잘 맞지 않는 것일 뿐."

새삼스러울 것도 없다. 이성민은 자신의 문제점을 잘 알고 있었다.

그나마 이성민이 혈환신마공에 적응해 갈 수 있었던 것은, 집중적으로 이성민을 지도하는 광천마와 허주의 존재 때문이었다.

광천마가 눈으로 보이는 이성민의 수법에 대해 지도를 한다면, 허주는 이성민의 내면에서 조언을 해주었다.

[요력을 쓴다면 더 편할 텐데.]

'그 편한 것이 꺼려지는 거야.'

요력을 쓴다면 요괴가 될 가능성이 컸고, 요괴가 된다면 인간이 아니게 되는 것이다.

사실 이성민이 두려워하는 것은 그것이었다. 요괴가 되었을 때, 자신이 어떻게 변하게 될 것인가.

인간이 아니게 되는 것은 인간성을 포기하는 것이고, 인간다운 행동과 생각을 하지 못하게 되는 것이다.

이성민은 흡혈귀가 된 검귀를 기억하고 있다. 인간이었음에도 피를 마시던 그 모습을.

흡혈귀와 요괴가 다르다고는 하나, 이성민은 온전한 요괴의 모습을 모른다.

허주의 말만 냉큼 믿고서 요력을 써대다가 요괴로 변하게 되었을 때, 과연 그때의 '나'는 어떤 모습일까. 어떤 생각을 할까. 만약 변하게 된다면 그 이전의 '나'는 어떻게 되는가.

백소고를 기억하고, 위지호연을 기억하는 '나'가 온전히 남아 있을까?

이성민이 느끼는 것을 전해 느끼고 있기에 허주도 이성민을 강하게 재촉하지는 않았다.

이런 선택은 본인의 몫이다. 무엇을 추구하기 위한 선택일지, 선택의 결과를 통해 무엇을 얻고 무엇을 잃게 될지도.

"심심하게."

루비아는 투덜거리면서 이성민과 광천마를 보고 있었다. 지긋지긋한 노숙 생활과 쉴 틈 없던 여정에서 휴식하게 된 것은 좋았지만, 그것도 하루 이틀이지 벌써 한 달이 넘도록 여관에 투숙하고 있으니 몸이 근질거렸다.

'주인님은 언제쯤 찾아오시는 거야?'

루비아는 그런 생각을 하면서 따뜻한 우유를 홀짝거렸다.

처음 잠자는 숲에 머무르게 되었을 때만 해도 이성민과 만나면 금세 주인인 엔비루스와 만나게 될 것이라고 생각했다.

그런데 그 이후로 벌써 일 년이라는 시간이 다 되어가는데 엔비루스가 찾아올 기미는 보이지 않는다.

'설마 진짜 버림받은 건가……? 아니, 그럴 리가 없어. 단순히 때가 되지 않았을 뿐인 거야.'

그런 걱정과 더불어 루비아는 기묘한 기분을 느끼고 있었다. 이성민과 함께 하는 여정이 제법 즐거웠기 때문이다.

엔비루스와 함께 다닐 적에는 겪지 못했던 사건들과 거듭해 충돌하는 것이 루비아를 설레게 하고 있었다.

'슬슬 또 뭔가 일어날 것 같은데.'

루비아는 조금의 설렘을 느끼면서 그런 생각을 했다.

하지만 12월이 끝나가는 동안 루비아가 기대했던 일은 일어나지 않았다.

그렇다고 해서 트라비아가 평화로운 것은 아니었다. 이 도시는 수면 아래에서, 또 그 위에서 계속해서 무언가가 일어나고 있었다.

흑마법사들의 파티는 계속된다.

그들이 무엇을 추구하는 것인지는 알 수 없었으나, 파티의 중심에는 언제나 한 남자가 있었다.

얼굴의 반을 가린 가면을 쓴 남자는 많은 말을 하지 않았으나 그의 주변에는 언제나 사람이 많았다.

"욕심 많은 인간."

오늘의 파티는 특별했다. 트라비아에 모인 많은 흑마법사 중에서도 엄선된 이들만이 파티에 참가했다.

단지 그것만으로 특별하다고 할 수는 없다. 오늘의 파티가 특별한 것은, 뱀파이어 퀸의 참가 때문이었다.

제니엘라는 홀이 그대로 내려다보이는 2층의 별실, 그곳의 넓은 소파에 앉아 있었다.

제니엘라의 주변에는 그녀에게서 비롯된 뱀파이어들이 앉아 있었다.

문 앞에 선 김종현은 손을 들어 얼굴의 반을 가리는 가면을 벗어 내렸다.

"욕심이라니. 무슨 말씀을 하는 것인지 모르겠군요."

"뻔뻔하기도 하구나."

제니엘라가 웃음을 터뜨렸다.

김종현은 제니엘라의 바로 곁에 앉아 있는 남자를 보았다.

선명한 붉은 눈을 가진 남자는 이 방 안에서, 제니엘라를 제외한다면 가장 짙은 존재감을 과시하고 있었다. 남자는 피를 섞은 독한 술을 쉼 없이 마시고 있었다.

한때, 남자는 혈천마라는 별호로 불렸다. 인간이었을 적의 이야기다.

소천마와 싸움에서 잘렸던 왼팔은 이제는 멀쩡하게 붙어 있었다.

"많은 흑마법사를 보아왔지만 너만큼 특별했던 인간은 없다."

제니엘라가 중얼거렸다.

"너는 흑마법사이면서도 마왕에게 종속되지 않았구나. 마왕이 소멸하는 것이 흔하지는 않지만 간혹 있는 일이기는 한데…… 그럴 경우에는 혼을 저당잡힌 흑마법사는 소멸한 마왕과 같은 운명을 맞지."

"여러 가지 우연이 겹친 탓에."

김종현이 웃으며 대답했다. 본래 김종현은 마왕 칼라드라와 계약하여 흑마법사가 되었고, 칼라드라가 소멸하면서 함께 소멸했어야만 했다.

하지만 김종현이 에리아로 소환되면서 그는 칼라드라와 같은 소멸의 운명을 피할 수 있었다.

"변종이 되었군."

제니엘라가 중얼거렸다. 인간이면서 인간이 아닌 존재가 되어가고 있다. 그것은 변종이라고 하기에 충분했다.

"그래서 너는 무엇을 원하는 것이냐? 이렇게 자리까지 마련해 만남을 바라였으니 원하는 것이 있는 것이겠지."

"저를 프레데터에 넣어주십시오."

김종현은 웃으며 말했다.

그것은 부탁이라기보다는 일방적인 통보처럼 들렸다. 그런 김종현의 태도가 제니엘라를 웃게 만들었다.

"리치도 아닌 네가 인외의 집단에 투신하고자 하는 것이냐?"

"리치가 될 필요가 없기에 되지 않는 것입니다. 나로서는 부족하다고 느끼시는 겁니까?"

"아하하!"

제니엘라가 웃음을 터뜨리며 머리를 가로저었다.

"거절을 말하는 것이 아니야. 거절하고자 했다면 대화를 나누고자 하지도 않았겠지. 프레데터에 들어오고 싶다고? 좋아. 너를 프레데터의 일원으로 받아주지. 한데…… 너는 무엇을 하고 싶은 것이지?"

즐거운 웃음을 흘리던 제니엘라의 눈이 가늘어졌다. 그녀는 김종현의 속내를 꿰뚫어 보듯이 예리한 시선을 보냈다.

"너는 프레데터를 무엇이라 생각하고 있는 것이냐?"

"인간이었으면서 인간이 아니게 된 괴물의 집단이라고 생각하고 있습니다."

"맞아. 우리는 인간이 아니게 된 괴물이지. 인간을 배척하고 인간을 잡아먹는 그런 괴물들이다. 네가 프레데터에 들어오겠다면 너는 괴물이 되어야 한다."

"인육이라도 먹으라는 겁니까?"

"꼭 그것을 말하는 것은 아니지. 너는 너의 괴물성을 무엇을 통해 증명하겠느냐?"

일종의 시험과도 같은 질문이었다. 김종현은 여기서 무슨 대답을 하느냐에 따라 자신의 운명이 결정될 것임을 직감했다.

제니엘라는 이 넓은 세상에서도 적수를 찾기 힘들 정도의 괴물이다.

오랜 세월을 살아온 뱀파이어 퀸은 불가사의한 힘과 끔찍할 정도의 생명력을 가지고 있었다.

아무리 김종현이 변종으로서 마왕의 힘을 다룬다고 하여도 제니엘라와 견주기에는 많은 것이 부족했다.

"……술은 만족스러우십니까?"

김종현이 입을 열었다.

"순결한 처녀의 피는 물론이고 갓난아기, 임산부 등…… 저는 뱀파이어가 아니지만, 뱀파이어의 취향에 맞을 수 있도록 여러 가지를 준비하였습니다만."

"아하하! 이러한 공양으로 괴물성이 증명된다고 보느냐?"

"설마요."

김종현은 그렇게 말하며 아래를 내려 보았다. 파티를 즐기고 있는 흑마법사들과 마녀들이 보인다.

그들을 위한 시중을 들고 있는 것은 정신이 제압된 아름다운 처녀와 청년들이었다. 저들은 에레브리사를 통해 중개받아 구입한 노예들이다.

"저들 모두가 당신에게 올리는 제물입니다."

"하찮구나."

제니엘라는 깔깔 웃으면서 머리를 가로저었다.

"저러한 제물은 내가 원한다면 언제든지 받아낼 수 있다. 하지만…… 후후! 만족해 주도록 하지. 부족한 점이 많고 너의 괴물성을 입증하기에는 부족하나, 네 미침을 증명할 정도는 되는 듯하니."

제니엘라는 그렇게 말하면서 손을 들어 올렸다. 공간이 갈라지더니 역으로 뒤집힌 시커먼 오망성 문양을 매단 목걸이를 꺼냈다.

"프레데터의 일원을 증명하는 검은 별이다. 네게 주도록 하마."

김종현은 양손을 벌려 검은 별을 받았다. 뒤집힌 다섯 개의 별은 악마 숭배의 상징이며 프레데터의 정점에 선 다섯 괴물을 상징하는 것이기도 했다.

뱀파이어 퀸인 제니엘라를 비롯한 라이칸슬로프의 왕, 데스 나이트의 왕, 리치의 왕, 요괴의 왕.

흑마법사인 김종현은 리치의 왕의 관리를 받게 될 것이다.

"그러면 공양을 즐겨보도록 할까."

제니엘라는 천천히 몸을 일으켰다. 그러자 그녀의 곁에 앉아 있던 다른 뱀파이어들도 함께 몸을 일으켰다.

파티를 즐기는 흑마법사와 마녀들, 그리고 시종들은 곧이어 벌어질 학살과 식사에 대해서는 조금도 짐작하지 못하고 있었다.

[퀸이시여.]

홀로 내려가는 제니엘라의 머릿속에서 혈족 중 누군가가 목소리를 보냈다.

[퀸이 어여삐 여기시는 인간이 트라비아를 떠나려 합니다.]

"아핫."

언제나 듣던 보고의 내용이 달라졌다. 제니엘라는 눈을 가늘게 뜨면서 쿡쿡 웃었다.

제니엘라는 함께 따라 내려오던 백무선을 힐긋 보았다.

'너는 지금 당장 프레스칸에게 가서, 허튼수작은 부리지 말고 침묵하라 전하여라. 만약 내 말을 어긴다면 아르베스를 거치지 않고 당장에 소멸시킬 것이라고도 전하고.'

아르베스는 제니엘라와 함께 검은 별의 일좌를 차지하고

있는 리치의 왕이다.

본래 뱀파이어 퀸인 제니엘라는 리치인 프레스칸의 소멸 여부에 관여할 수가 없었으나, 아르베스의 눈치를 보지 않으려 한다면 얼마든지 프레스칸의 소멸 여부에 관여할 수 있다.

사실 제니엘라가 프레스칸을 소멸시킨다고 하여도 아르베스는 신경 쓰지 않을 것이다.

"너를 패배시킨 그 아이가 트라비아를 떠나려 한다는구나."

제니엘라가 백무선을 향해 말했다. 그러자 백무선의 어깨가 바르르 떨렸다.

"명심해라. 죽이지는 마라. 죽이지만 않는다면 네가 어찌하여도 나는 신경 쓰지 않을 것이야."

"……예, 여왕님."

백무선이 붉은 눈에서 살기를 줄줄 흘리며 대답했다. 인간이었을 적이라면 제니엘라의 말을 듣지 않았을 것이다.

하지만 지금의 백무선은 인간이 아니었다. 그렇기에 뱀파이어가 되고 나서 근 두 달 동안 백무선은 움직이지 못했다. 제니엘라의 명령 때문이었다.

백무선은 이성민을 죽이지 말라는, 제니엘라의 명령에 대한 불만조차 느끼지 못했다.

제니엘라에게 품었던 모든 감정은 뱀파이어로 거듭나면서 완전히 거세되었다.

그럼에도 이성민에 대한 살의와 증오는 남아 있었다. 백무선은 머리를 꾸벅 숙이면서 몸을 돌렸다.

"절망은 나눠야지."

제니엘라가 즐거운 목소리로 중얼거렸다.

"네가 저 남자를 떠밀었듯이, 저 남자도 너를 떠밀어야 해."

제니엘라는 이성민을 떠올리면서 웃음을 터뜨렸다.

12월이 끝나가고 있었다.

혈천마와의 싸움 이후로 북쪽에서 특별한 만남은 없었다. 두 달 동안 이성민은 트라비아 북쪽 지구에서 광천마에게 무공 지도를 받았고, 어느 정도의 성과를 거두는 것에는 성공했다.

올해가 끝난다면 더 이상 북쪽에 남을 이유는 없어진다.

3월이 되기 전까지 위지호연과 만나기로 한 대도시 루베스로 향해야만 했고, 솔직히 말하자면 여정은 빠듯했다.

그렇기에 아직 올해가 끝나지는 않았어도 슬슬 남하 준비를 해야만 했다.

"빨리 가도록 하죠!"

이성민은 즐거운 기색을 숨기지 않는 루비아의 태도가 의

아하였으나 굳이 묻지는 않았다.

처음 북쪽으로 올 때는 루비아와 허주와 함께였으나, 남하할 때는 광천마가 추가되어 넷이 되었다. 그중 허주는 이성민의 마갑 속에 들어가 있었기에 눈으로 보이지는 않는다.

"도막사라무, 도막사라무……."

광천마가 주문을 외는 소리가 사나운 북쪽의 눈바람과 섞인다.

빠듯하기는 했지만 여유를 둬서 출발하기는 했고, 아직 올해가 다 끝나지 않았기 때문에 여정의 초반부터 서두를 필요는 없었다.

바람에 피비린내가 섞인다.

이성민은 걸음을 멈추었다. 피비린내를 감지한 것은 이성민뿐만이 아니었다.

쉼 없이 외던 광천마의 주문이 멈춘다. 루비아도 걸음을 멈추고서 앞쪽을 보았다.

눈바람의 너머에 백무선이 서 있었다. 그는 마시고 있던 술병을 눈밭 위에 던져두고서 이성민을 보았다.

세찬 바람 너머로 보이는 백무선의 눈동자가 붉다.

"……무선이냐?"

광천마가 놀라 앞으로 나왔다. 이성민은 멀지 않은 곳에 선 백무선을 물끄러미 보았다.

백무선이 내비치는 존재감은 구토감을 이끌어 낼 정도로 불길했고, 눈동자가 쏟아내는 살기는 전신에 오한이 들게끔 하고 있었다.

이성민의 머릿속에서 허주가 혀를 찼다.

[괴물이 되었군.]

광천마는 백무선이 뱀파이어가 된 것을 모른다.

그는 이성민의 곁에 서서 멍하니 백무선을 보았고, 백무선은 자신이 괴물이 된 것에 대해 광천마에게 설명하지 않았다.

백무선이 뱀파이어가 된 것은 광천마가 의도했던 것과는 다른 결과였다.

만약에 백무선의 곁에서 제니엘라가 유혹을 거듭하지 않았더라면 백무선은 뱀파이어가 되지 않았을지도 모른다. 광천마가 기대했던 것처럼 무인으로서 절망을 딛고 정진하여 극복했을지도 모르는 일이다.

하지만 백무선이 택한 것은 무인으로서의 길이 아니었다. 그는 인외의 길을 택했고, 인외가 되었다.

광천마는 새로 생긴 백무선의 왼팔을 보며 멍하니 입을 벌렸다.

"뱀파이어."

이성민이 작은 목소리로 중얼거렸다.

그 말에 광천마가 경악했다.

광천마가 뱀파이어에 대해 무지한 것은 아니었다. 혈광을 줄줄 흘려대는 백무선을 보면서 광천마는 입술을 빼끔거렸다.

"멍청한 놈……!"

광천마가 얼굴을 일그러뜨리며 내뱉었다. 입술 근처의 피를 손등으로 닦던 백무선이 입을 열었다.

"어르신."

백무선이 광천마를 불렀다.

"어르신이 나를 존중한다면 나와 저 녀석의 싸움에 관여하지 마십시오."

백무선의 눈이 광천마에게 향했다.

"진정으로 부탁드리는 겁니다. 관여하지 마십시오."

광천마는 어깨를 떨면서 침묵했다. 이성민은 광천마를 힐긋 보았다. 뭐라고 대답은 하지 않았지만 광천마가 내비치는 태도를 볼 때 이 문제에 광천마가 개입하지 않을 것은 분명해 보였다.

이성민은 한숨을 쉬면서 중얼거렸다.

"잘린 팔을 새로 달고 왔군."

백무선은 대답하지 않았다.

"뭘 위해서 뱀파이어가 된 겁니까? 나를 죽이고 싶어서?"

"그것도 있었지."

닫혀 있던 백무선의 입이 열렸다. 뭐라고 말을 더하기 위해 입을 벌렸던 백무선은 피식 웃더니 더 이상 말하지 않고서 입을 다물었다.

"지금 와서 이유가 중요하다는 생각을 들지 않아……. 나는 너를 죽이고 싶고…… 소천마 그 계집도 죽여 버리고 싶다."

"그래서 여기에 왔고?"

"아니."

백무선이 성큼성큼 걷기 시작했다. 백무선이 걸을 때마다 시뻘건 안개가 피어오른다.

그 안개는 두 달 전에 보았을 때와 비교도 할 수 없을 정도로 색이 진했고, 뭐라 말할 수 없는 강렬한 불길함을 흘리고 있었다.

"나의 여왕이 바라신다."

여왕.

[제니엘라로군.]

허주가 중얼거렸다.

"여왕께서 네가 절망하기를 바라신다."

백무선은 맹목적인 투로 그렇게 말했다.

망가졌다.

뱀파이어가 된 백무선은 제니엘라의 혈족이 되면서 그녀의 명령에 절대적이 되었다.

다가오는 백무선은 이성민으로 하여금 많은 생각을 하게 만들어주었다.

제니엘라가 바라는 절망이 무엇인가에 대해서도 생각하게 해주었고, 무슨 일이 있어도 뱀파이어가 돼서는 안 된다는 생각도 하게 해주었다.

"……나는……."

광천마가 입을 열었다. 하지만 이성민은 광천마의 말을 끝까지 듣지 않았다.

"루비아를 보호해 주십시오."

마갑이 전개되며 이성민의 몸을 감싼다.

그는 등에 멘 창을 꺼내 쥐었다.

설마 이런 식으로 백무선과 다시 싸우게 될 것이라고는 생각하지 못했다.

두 달 전에 이성민은 백무선을 상대로 제법 수월한 승리를 거두었다.

마법도 쓰지 않고서 승리를 거둘 정도로 백무선은 쉬운 상대였다.

하지만 지금은 아니었다. 백무선의 존재에서 발해지는 요악함은 그 정도로 강렬했다.

[제니엘라가 제법 힘을 실어준 모양이군.]

허주가 중얼거렸다.

뱀파이어가 된 검귀도 강하기는 했으나 백무선과는 비교가 되지 않았다.

게다가 그때는 만월의 밤이었다. 지금은 만월도 아닌데 백무선이 발하는 요악함은 검귀와는 비교가 안 된다.

그것은 당연한 일이었다. 백무선은 뱀파이어가 되기 이전부터 검귀보다 뛰어난 경지에 오른 무인이었고, 거기에 검귀 이상으로 제니엘라에게 뱀파이어로서의 힘을 받았다.

지금의 백무선은 몇 년 전 그의 전성기 이상의 힘을 가진 괴물이었다.

[조심해라.]

허주가 경고했다.

[두 달 전에 승리를 거두었다고 해서 자만하지 마라. 우습게 봐서도 안 된다. 죽고 싶지 않다면 말이야.]

그 말에 이성민은 헛웃음을 흘렸다.

자만?

어이가 없는 말이었다.

자만할 그릇도 아닌데 자만은 무슨.

이성민은 무덤덤한 기분을 느끼면서 자세를 낮추었다.

스트렝스, 헤이스트.

이성민은 입술을 달싹거리며 마법을 외었다. 단전의 내공이 마력으로 치환되어 마법을 펼친다.

이성민은 전신이 가벼워지고 힘이 더해지는 것을 느끼며 무릎에 힘을 주었다.

푸확!

눈밭이 크게 터진다.

질주한 백무선은 양팔을 크게 휘두르면서 이성민을 향해 쌍장을 날렸다.

혈무유야공의 붉은 안개가 사방으로 흩어지며 눈을 붉게 물들였다.

이성민은 빠르게 창을 휘둘렀다.

꽈아앙!

시뻘건 장력과 자색의 강기가 충돌한다. 몸에 밀려오는 압박감에 이성민은 눈을 부릅떴다.

스트렝스와 헤이스트를 사전에 펼쳐 두는 것은 옳았다. 저 둘의 보조가 없었더라면 이번 일격에서 손해를 보았을 것이다.

백무선은 이전보다 빠르고 매서웠다. 혈무유야공의 시뻘건 안개는 공간을 붉은색으로 물들이며 백무선의 존재를 알렸다.

이성민은 곧바로 구천무극창의 사초인 구룡살생을 펼쳤다.

단순히 그것만이 아니었다. 자하신공과 더불어 혈환신마공이 운용되었다.

자색 강기와 시뻘건 강기가 얽힌다. 그것은 회전하는 고리가 되어 이성민이 쥔 창 전체를 뒤덮었다.

혈환신마공 일초, 혈환파쇄(血環破碎).

구천무극창 사초, 구룡살생(九龍殺生).

두 개의 무공이 동시에 펼쳐졌다.

시뻘건 회전이 더해진 아홉의 용이 쏘아졌다. 혈환신마공이 더해진 구룡살생은 이전과는 비교도 할 수 없을 정도의 위력을 내포하고 있었다.

하지만 백무선은 조금도 물러서지 않았다. 제니엘라의 명령에 복종하는 백무선은 죽음에 대해 무감각했다.

아니, 그것을 떠나서 백무선은 이성민의 공격에 죽음을 아예 느끼지 못하고 있었다.

백무선은 앞으로 뻗은 발을 높이 들어 땅을 내리찍었다.

콰아아아!

두껍게 쌓인 눈이 통째로 증발하고 붉은 연무가 솟구쳤다.

혈환파쇄에 뒤덮인 구룡살생은 그 붉은 연무를 뚫지 못하고 가로막혔다. 그 너머에서 백무선은 호흡을 삼키며 꽉 쥔 주먹을 허리춤에 갖다 붙였다.

쿠구구궁!

불길한 마력이 백무선의 주먹을 휘감았다.

백무선이 삼킨 호흡을 끊어내며 주먹을 내질렀을 때 구룡살생을 가로막았던 안개의 성질이 변하며 무형의 권력을 붉은색으로 물들였다.

꽈아앙!

번개가 치듯 요란한 소리와 함께 백무선의 일권이 공간을 꿰뚫었다.

[피해!]

허주가 기겁하여 고함을 질렀다.

이성민은 급히 일보무흔의 이형환위를 펼쳤다.

콰아아아!

백무선의 권격이 눈밭에 기다란 상흔을 만들었다. 이형환위가 조금만 늦었어도 정면으로 권격을 얻어맞았을 것이다.

하지만 안심할 수는 없었다. 어느새 주변을 물들인 붉은 안개의 너머에서 소름 끼치는 시선이 느껴진다.

육감의 경고에 이성민은 충실하게 움직였다.

허리를 비틀며 들어 올린 창과 백무선의 손바닥이 부딪혔다.

"크……!"

이성민의 입에서 신음이 새어 나왔다.

백무선이 웃기 시작했다.

하하하하!

커다란 웃음소리가 안개 너머에서 흔들렸다.

안개 속으로 다시 모습을 감춘 백무선을 쫓아 이성민은 보법을 밟았다.

일보무영이 수많은 잔상을 만들어낸다.

그에 그치지 않고 이성민은 무영탈혼의 삼식인 이보겁살을 펼쳤다. 연이어 뻗은 두 걸음이 강기를 폭사한다.

혈환신마공 이초, 혈류추살(血流追殺).

이보겁살의 강기와 혈류추살의 강기가 엉키면서 사방을 휩쓸었다.

하지만 붉은 안개는 조금 흐트러졌을 뿐 완전히 사라지지 않았다.

[제니엘라, 이 미친년 같으니!]

허주가 답답하여 외쳤다.

허주가 경악할 정도로 뱀파이어가 된 백무선의 힘은 상상 이상이었다. 뛰어난 무인인 백무선에게 제니엘라의 사이한 힘까지 더해졌다. 그렇게 어마어마한 괴물이 탄생했다.

경악한 것은 허주뿐만이 아니었다. 광천마조차도 백무선의 힘에 경악했다. 인간임을 포기하고 얻은 인외의 힘은 그토록 강력했다.

[앞!]

허주가 고함을 지른다.

이성민은 창로를 틀어 올리며 창 전체로 원을 그렸다.

콰드드득!

이성민의 발이 땅으로 파묻힌다. 내장이 뒤흔들리는 충격에 이성민은 이를 악물었다.

란의 수법으로 공격을 흘려내려 했으나 온전히 흘려내지 못했다.

이성민은 입안에서 느껴지는 비릿함에 헐떡거리며 계속해서 창을 움직였다.

파바바박!

근접해 다가온 백무선의 양팔과 이성민의 창법이 격돌했다.

서로의 강기가 사방으로 흩어진다.

이성민은 호흡을 멈추고 두 눈을 부릅떴다.

머릿속에서 허주가 계속해서 떠들고 있었으나 그에 귀를 기울일 틈은 없었다. 단지 들리는 것은, 백무선의 커다란 웃음소리뿐이었다.

"봐라!"

백무선이 기쁨의 외침을 질렀다. 양팔을 통해 장법과 권법을 펼친다.

그것에 틈은 없다. 이성민의 창은 거리의 이점을 가졌으나 그것으로 백무선을 압도하지는 못했다.

모든 것에서 백무선이 앞서고 있었다.

무공의 조예?

그것은 지금 상황에서는 크게 중요하지 않았다. 뱀파이어가 된 백무선은 이성민보다 빨랐고 강했으며 날카로운 감각과 반응속도마저 겸비하고 있었다.

눈으로 보지 못해 예측하고 대응하는 이성민과는 다르게 백무선은 보고, 대응하고 있었다.

"하하하!"

창로의 틈이 뚫린다. 빠르게 들어온 백무선의 주먹이 이성민의 몸을 때렸다.

마갑의 방어력과 호신강기, 내가중수법에 대항하는 반탄강기까지 동원했음에도 이성민의 입에서 피가 뿜어졌다.

"죽이지는 않아. 죽이지는……!"

백무선의 눈에서 광기가 흘러나왔다. 제니엘라에 의해 숙여져 있던 이성민에 대한 증오가 머리를 든다.

너만 아니었다면 뱀파이어가 되지 않았을 것이다. 나는 너 따위에게 패배해서는 아니 되었다.

백무선은 입술을 달싹거리며 그런 말들을 빠르게 내뱉었다.

"뭐라고 떠드는 거야……!"

발이 끌리며 뒤로 밀려난 이성민이 내뱉었다. 그는 스트렝스와 헤이스트를 다시 중첩시키면서 백무선을 향해 뛰었다. 심장이 쾅쾅거리면서 뛰고 감각에 날이 섰다.

[요력을 써라.]

허주가 외쳤다.

하고 싶지 않았다. 백무선의 존재가 이성민에게 반면교사가 되어주고 있었다. 인외의 길이 얼마나 끔찍한 것인지.

남쪽에서 요력을 통제할 수단을 얻었다면 또 모를까, 인간의 몸으로 요력을 다루려 하였다가는 어떤 일이 벌어질지 모른다.

이성민은 비틀거리는 다리에 힘을 밀어 넣으며 땅을 박찼다.

백무선은 이성민을 향해 양손을 활짝 펼치고 있었다.

주변을 흐르던 붉은 안개가 거센 힘을 발하기 시작했다.

이것이 어떤 기술인지는 이성민도 알고 있었다.

혈무폭살.

백무선이 입술을 비틀며 내뱉었다. 안개가 몰아치기 전에 이성민은 급히 발을 뻗었다.

두 달 전 혈무폭살을 파훼했던 이보유련이 펼쳐졌다.

[무리다.]

허주가 중얼거렸다. 안개가 폭발했을 때, 이보유련은 이전처럼 안개의 흐름을 통제하지 못했다.

"하하하!"

백무선이 커다란 웃음을 터뜨렸다.

안개의 중심에 서 있던 이성민은 피투성이의 모습으로 주저앉아 있었다.

백무선은 피투성이로 주저앉은 이성민을 즐거운 눈으로 보았다. 그러면서도 백무선의 머릿속에는 제니엘라의 명령이 맴돌고 있었다.

죽여서는 안 된다. 죽이지만 않으면 된다.

백무선은 그것을 중얼거리며 천천히 이성민에게 다가갔다.

"꺄아아악!"

루비아가 비명을 지른다. 그러면서도 루비아가 시끄럽게 비명만 지르는 것은 아니었다.

그녀는 뒷일을 생각하지 않고 마력을 끌어올렸다. 루비아를 구성하는 마력이 요동치면서 그녀의 양손에 새파란 번개가 어렸다.

하지만 루비아가 공격하기 전에 광천마가 그녀의 앞을 가로막았다.

"안 돼."

딱딱하게 굳은 광천마의 얼굴을 보며 루비아가 눈을 부릅떴다. 그녀는 사나운 목소리로 외쳤다.

"그러면 두고만 보라는 건가요?! 정말 죽을지도 모른……."

"본좌가 나설 것이다."

광천마가 괴로운 목소리로 내뱉었다.

관여하지 않겠다고 했다. 관여하지 않을 생각이었다. 하지만 그럴 수는 없었다.

이미 이성민은 치명적인 부상을 입었고, 광천마가 나서지 않는다면 백무선은 이성민을 죽일 것이다.

죽이지만 않으면 된다…….

백무선이 중얼거리는 말은 광천마도 듣고 있었으나 그 말을 무조건 믿을 수 없었다.

게다가 죽이지만 않으면 된다니. 그것은 꼭, 목숨만 붙어 있다면 뭐든지 해도 된다는 것처럼 들렸기 때문이다.

실제로 백무선은 그럴 생각이었다.

우선 놈의 왼팔을 뜯어내고, 그다음에는…… 어디가 좋을까. 귀찮은 보법을 밟아대던 다리를 뽑아줄까?

죽이지만 않으면 되니까 그래도 괜찮을 것이다.

광천마가 앞으로 나섰다. 관여하고 싶지 않았으나 이성민의 죽음을 두고 볼 수는 없었다.

다른 경우였다면 나서지 않았을 것이다. 하지만 광천마는 이성민에게 혈환신마공을 전수했다.

사승 관계를 맺지 않았다고 하여도 직접 무공을 전수해 준 이상, 이성민의 죽음을 두고 볼 수는 없었다. 이유는 그것뿐만이 아니었다. 광천마는 이성민의 가능성이 여기서 꺾이는 것을 보고 싶지 않았다.

콰아앙!

광천마가 땅을 박찼다. 그는 단숨에 이성민과 백무선의 사이에 끼어들었다.

이성민에게 다가가던 백무선이 눈동자를 움찔 떨면서 광천마를 노려 보았다.

"나서지 않겠다 하지 않았습니까?"

"두고 볼 수 없었을 뿐이다."

"크흐흐! 아무래도 저 애송이가 상당히 마음에 드셨나 보군. 혈환신마공을 쓰던데…… 제자로 들인 겁니까?"

"아니."

광천마가 머리를 가로저었다.

"본좌의 후인이다."

"하하하!"

광천마의 대답에 백무선이 웃음을 터뜨린다.

예전의 백무선이라면 광천마와 대적하려 들지 않았을 것이다. 하지만 지금은 아니었다. 백무선은 아직 제니엘라의 명령을 완수하지 못했고, 광천마가 그를 가로막는다면 광천마를 죽이면 될 뿐이었다.

"설마 내 손으로 광천마를 죽이게 될 줄이야!"

"쉽게 얻은 힘에 자만하고 있구나."

백무선의 외침에 광천마가 낮은 목소리로 중얼거렸다.

그렇게 말하기는 했으나 광천마는 백무선을 우습게 보지 않았다.

극성으로 펼친 혈환신마공이 광천마의 몸에서 솟구쳤다.

이성민에게 죽을 뻔했던 것은 방심했던 탓.

허주에게 쉽사리 제압되었던 것은 광천마의 내공에 허주의 요력이 녹아 있던 탓이었다.

에리아에서 가장 긴 세월 천마라는 별호를 이어온 것은 광천마의 자부심이었다.

"본좌는 광천마 벽원패다!"

광천마가 사자후를 터뜨렸다. 백무선의 붉은 안개와 붉은 강기의 고리가 충돌했다.

거센 강기가 충돌하는 와중에 루비아는 후다닥 뛰었다. 그녀는 주저앉은 이성민에게 다가가 손을 뻗었다.

"괘, 괜찮아요?!"

어깨를 잡아 흔드는 손길에 이성민의 몸이 앞뒤로 흔들렸다. 루비아는 빛을 잃어 풀린 이성민의 눈을 보고서 흠칫 놀랐다.

'정신을 잃었어……!'

설마 하는 심정에 루비아는 이성민의 맥박을 짚었다.

정신을 잃은 것과는 다르게 이성민의 맥박은 분명했다. 그런 루비아의 머릿속으로 허주의 목소리가 들렸다.

[포션을 먹여라.]

"뭐, 뭐라고요?"

[기혈이 꼬이고 장기가 상했어. 이대로 두다가는 죽는다.]

허주가 빠르게 내뱉었다.

루비아는 앞뒤 보지 않고 이성민의 아공간 포켓을 잡았다.

그 안에 손을 욱여넣어 포션을 찾던 중, 루비아가 꺼내 쥔 것은 엘릭서였다.

절단상은 치료할 수 없지만 내상에는 즉효성으로 약효를 보인다. 루비아는 이성민의 입을 벌려 엘릭서를 통째로 부었다.

[입으로는 안 먹이냐?]

"이런 때에 왜 개소리를 하는 거야!"

루비아가 빽 하고 외쳤다. 놀리듯 말하기는 했어도 허주도 놀고만 있지는 않았다.

그는 이성민의 몸 안으로 침투하여 목구멍으로 넘어온 엘릭서의 약효를 전신으로 퍼뜨렸다. 꼬인 기혈을 풀어가고 조각난 내장을 끼워 맞춘다.

[응?]

허주가 놀란 소리를 냈다. 엘릭서의 효과가 본격적으로 돌기도 전인데 조각난 내장이 이미 재생하고 있었다. 꼬인 기혈도 조금씩 풀려가고 터진 곳은 알아서 재생한다.

[이미 인간은 아니군…….]

허주가 신음을 흘리며 중얼거렸다. 그 말은 이성민도, 루비아도 듣지 못했다.

그래도 허주의 도움 덕에 엘릭서가 전신으로 퍼지면서 이성민의 몸이 회복되기 시작했다.

하지만 의식은 돌아오지 않았다.

끊긴 의식은 시커먼 어둠을 떠돈다. 이성민은 자신의 상황을 자각하지 못했다.

그것은 주마등처럼 빠르게 스쳐 지나가는 과거의 기억들이었고, 어느새 이성민은 그것들 전부를 내려 보고 있었다.

두 개의 삶이 보인다.

14살의 나. 13년 동안 에리아에서 살았고, 던전에서 죽은 나. 그리고 과거로 돌아와 지금까지 살아온 나.

위지호연과의 만남을 시작으로 모든 것이 변했다. 좁아빠진 세상이 넓어졌다. 여태까지 살아온 모든 삶이 스쳐 지나간다.

므쉬의 산에서, 소림에서, 그리고 정신세계에서 스쳤던 만남, 깊게 얽힌 인연.

어느 순간부터 의식은 점점 또렷해졌다. 의식의 중심에서 이성민은 자신의 몸을 내려 보았다. 아무것도 쥐지 않았던 손은 어느새 창을 쥐고 있었다.

거기서 다시 의식이 확장한다. 넓어진 의식 속에서 이성민은 자신이 배우고 기억하며 체득한 것들을 하나하나 관조하였다.

그것은 기묘하고 신비로운 경험이었다. 여태까지 이성민이 얻은 심득이나 깨달음의 총합이 한눈에 들어오고 있었다.

"아."

이성민은 멍하니 소리를 냈다. 주저앉은 자신의 모습이 보이고 있었다.

피투성이의 몸뚱이는 움직이지 않고 있었으나 분명히 살아있었다.

그런데 왜 나는 이곳에 있지?

이성민은 머리를 갸웃거렸다. 곁에서 팔다리를 주물러 대는 루비아가 보인다.

허주의 모습도…… 보였다. 보이지 않아야 할 허주는 정신세계에서 보았던 모습과 다를 것 없는 모습을 하고서 이성민을 내려 보고 있었다.

요란한 소리에 이성민은 머리를 돌렸다. 멀지 않은 곳에서 광천마와 맞서는 백무선의 모습이 보였다.

"나는 여기서 뭘 하고 있는 거지?"

이성민은 멍한 표정으로 중얼거렸다.

여기서 이러고 있어서는 안 된다.

나는 죽었나? 죽어버렸나?

그래서는 안 된다. 아직 위지호연을 만나지 못했다. 위지호연과의 약속을 지키지 못했다. 백소고와도 만나지 못했다. 아니, 그 모든 것을 떠나서.

그냥.

죽고 싶지 않았다. 죽어서는 안 되었다.

아직 더 갈 수 있다고. 더 할 수 있다고.

검귀의 죽음이 떠오른다. 더 할 수 있다고…… 그렇게 중얼거리던 검귀의 말.

검귀가 최후에 미련처럼 내뱉었던 말이 이성민의 의식을 강하게 뒤흔들었다.

툭.

누군가가 이성민의 등을 떠밀었다.

이성민은 흠칫 놀라 뒤를 돌아보았다. 보이지 않는다. 누군가가 등을 떠민 것은 확실한데, 그것이 대체 누구인지 보이지 않았다.

"허억!"

이성민은 감고 있던 눈을 번쩍 뜨고서 호흡을 토해냈다. 울상을 지으며 이성민의 얼굴을 들여다보고 있던 루비아가 비명을 지르며 뒤로 넘어갔다.

이성민은 가쁜 호흡을 터뜨리면서 목을 붙잡았다.

"커헉!"

"꺄아악!"

이성민이 뿜어낸 시커먼 피가 루비아의 얼굴을 뒤덮었다. 루비아가 발작하며 손으로 얼굴을 감쌌다.

몇 번 더 피를 내뱉은 이성민은 가슴을 붙잡았다. 피를 토하니 되레 속이 편안했다.

졸지에 피로 세수를 한 루비아만이 바닥에 남은 눈 부스러기를 긁어모아 박박 얼굴을 문질러댈 뿐이었다.

[괜찮냐?]

허주가 급히 물었다. 이성민은 대답하지 않고서 비틀거리며 몸을 일으켰다.

대체 어떻게 된 거지? 무슨 일이 일어난 것인가.

이성민은 혼란스러워 머리를 붙잡았다.

기억은 분명했다. 순식간에 스쳐 지나간 과거의 기억들, 확실하게 목격했던 심득들.

[기연이로군.]

허주가 놀란 목소리로 중얼거렸다. 비틀거리며 일어선 이성민은 무언가를 느꼈다. 내공의 흐름이 자유롭고 몸이 훨씬 가벼웠다.

[대체 무슨 일이 있었던 것이냐? 치명적인 내상에서 회복된 것인데 왜 심, 기, 체가 안정된 것이지?]

그것은 허주도 이해할 수 없는 일이었다. 이성민은 멍하니 자신의 손을 내려 보았다.

피투성이로 만든 몸의 상처가 없다. 통증도 없다. 의식을 잃기 전에 느꼈던 몸 안의 통증도 사라졌다.

"……대체 왜…… 광천마 어르신이 백무선과 싸우고 있는 거지?"

"저 미친놈이 당신을 죽이려 했으니까!"

마법으로 얼굴을 씻어낸 루비아가 고함을 질렀다. 그녀는 이성민이 피를 뿜어낸 것에 대해 따지고 싶었으나 꾹 참았다.

"그보다 몸은? 몸은 괜찮은 거예요?"

"몸은…… 개운해."

이성민은 가슴에 손을 얹고서 대답했다. 쿵쿵거리며 뛰는 심장 박동이 느껴진다.

검은 심장의 덕분일까? 아니, 그런 생각은 나중에.

이성민은 양손으로 창을 잡고서 앞으로 나섰다. 그러자 루비아가 기겁하면서 이성민을 가로막았다.

"뭐, 뭐 하는 거예요?! 죽다 살아났으면서!"

"내가 해야 돼."

"그러니까 뭐 하러……! 여기서 쉬고 있으면 저 할아버지가 알아서 해결해 줄 텐데!"

"그래서는 안 돼."

이성민은 흔들림 없는 목소리로 답했다. 그러자 루비아가 얼굴을 일그러뜨리면서 뭐라고 말을 하려 하였으나, 이성민은 그 말을 듣지 않고 루비아를 지나쳤다.

"죽어도 난 몰라!"

"안 죽어."

루비아의 사나운 외침에 이성민은 낮은 목소리로 대답했다. 마갑에 웅크린 허주가 큭큭거리며 웃었다.

[뭔지 모를 놈이야. 이런 상황에서 기연을 얻다니…… 우연이라기보다는 운명처럼 느껴지는군.]

북쪽에서 만나게 될 귀인. 허주는 그것이 광천마라고 생각했었다.

하지만 과연 그런가?

허주가 이성민과 함께 다니게 된 이상, 굳이 북쪽이 아니더라도 언제가 되었든 광천마와 만나게 되었을 것이다.

그런 광천마와의 만남이 신령이 말했던 귀인과의 만남이라고 할 수 있을까.

[네놈의 귀인은 저 뱀파이어였구나.]

허주는 그 사실을 깨닫고서 중얼거렸다.

북쪽에서 만난 혈천마 백무선. 그는 이성민에게 무언가를 가르치지 않았다.

다만 백무선과의 싸움을 통해 이성민은 치명적인 부상을 입었고, 그 와중에 심, 기, 체의 엉킴이 풀리는 기연을 얻었다.

사실 백무선과의 만남이 귀인과의 만남이라고 볼 수는 없었다.

광천마가 백무선을 막지 않았더라면, 광천마가 백무선과 이성민을 만나게 하지 않았더라면 이러한 일은 일어나지 않았을 것이다.

[운명이군.]

허주가 중얼거렸다. 그러한 원인이 쌓여 지금의 결과가 나오게 되었다.

신령의 예언이라는 것은 언제나 이런 식이다. 운명을 예지하고, 그 운명에 맞게 행동하게 만들어 결국에는 운명을 만들어낸다.

이성민은 허주의 말을 들으면서 천천히 앞으로 나아갔다.

걸음이 가볍다. 몸이 가볍다. 그러면서도 충만한 힘이 몸 안 가득 채우는 것을 느낀다.

심, 기, 체의 엉킴이 풀린 육체는 이전과는 비교가 안 될 정도로 이성민에게 안정감을 주었다.

하지만 아직 멀었다. 정신세계에서 도달한 무위는 지금으로서도 거리가 멀다. 그러면서도 나아가야 할 길의 방향은 확실하게 제시받았다.

"으음!"

백무선의 공격을 막아내던 광천마는 뒤에서 다가오는 이성민을 느끼고 공격을 멈추었다.

파죽지세의 공세를 멈춘 것은 백무선도 마찬가지였다. 그는 눈을 부릅뜨고 걸어오는 이성민을 보았다.

"나서지 않는 것 아니었습니까?"

이성민은 광천마를 향해 말했다.

이성민을 돌아본 광천마는 두 눈을 끔벅거리다가 어이가 없어서 웃음을 내뱉었다.

"뒈질 뻔한 것을 살려주었더니……!"

"감사합니다."

이성민은 솔직하게 그에 대해서는 감사를 표했다.

"이제는 되었습니다."

이성민은 광천마를 지나치면서 말했다.

스쳐 지나간 순간.

광천마는 흠칫 몸을 떨었다. 이성민에게서 느껴지던 존재감이 아까 전과는 비교도 할 수 없이 진했기 때문이다.

"이런 미친…… 뭔 놈의 심득이 뒈질 뻔하면 기다렸다는 듯이 튀어나온단 말인가?"

광천마가 어이가 없어서 내뱉었다. 이성민은 광천마의 말에 피식 웃으면서 중얼거렸다.

"그러게 말입니다."

이성민은 창끝을 들어 올렸다.

"쉽게 죽을 수 없는 몸인 모양입니다."

창끝에 겨눠진 백무선의 얼굴이 일그러졌다.

심득은 낯설지 않다. 여태까지 이성민은 몇 번이나 심득을 얻어왔고, 그 이유에 대해서는 내심 검은 심장 덕분이라고 생각해 왔었다.

어쩌면 이번 심득도 그런 것일지도 모른다. 이성민의 몸에 박힌 검은 심장이 죽음에 저항하기 위해 강제적으로 몸뚱이를 진화시킨 것일지도 모른다.

하지만 심득이 익숙하다 하여도, 지금과 같은 기분은 낯설었다.

여태까지 쭉 엉켜 있던 심, 기, 체가 안정되었다. 이성민은 이전에도 한 번 환골탈태를 겪어본 적이 있었으나 환골탈태한 후의 육체와 지금의 육체는 비교가 되지 않았다.

차라리 몰랐다면 모를까, 지금의 육체를 겪어본 이상 다시는 이전으로 돌아가고 싶지 않을 정도였다.

"어떻게 일어난 거지?"

백무선이 이성민을 노려보며 내뱉었다.

"엘릭서라도 마셨나? 포션이라는 것은 참 귀찮아……. 안 그래?"

백무선은 이성민이 일어나기는 했어도 그것을 경계하지는 않았다. 이전의 싸움을 통해 이성민이 자신보다 약하다는 것을 확인한 덕분이었다.

오히려 백무선을 짜증스럽게 하는 것은 광천마의 존재였다. 만월의 밤이라면 또 모를까, 지금의 백무선으로서는 광천마를 죽이는 것은 아주 어려운 일이었다.

이성민은 손에 들고 있는 창이 너무 가볍다고 느끼고 있었다. 그것은 육체도 마찬가지였다.

'내 등을 떠민 것은 누구지?'

단순한 착각은 아니었다.

누군가, 분명하게 이성민의 등을 손으로 떠밀었다.

이것도 검은 심장인가?

'아니다……'라는 생각이 들었다. 근거는 없었어도 확신이었다. 이 또한 기묘하고 낯선 기분이었다.

'마음 같아서는 다 죽이고 싶지만…….'

그럴 수는 없다. 제니엘라의 명령은 백무선에게 있어서 절대적이다. 흡혈귀가 되어 아득한 힘을 손에 넣기는 하였지만 인간성을 포기한 대가는 확실하게 작용하고 있었다.

'광천마는 무시한다. 저놈의 팔 하나만 자르고, 기왕이면 다리도 더 자르고…… 그리고 이탈하자.'

백무선은 마음을 먹었다. 그는 광천마의 우둔함을 비웃었다. 이성민을 비웃기도 했다.

둘이 합공한다면 훨씬 일이 쉬울 텐데, 왜 굳이 혼자서 싸우려는 것일까?

"도망치지도 않고 말이야……."

백무선은 킬킬 웃으면서 손을 들었다. 시뻘건 안개가 그의 손바닥 위에서 몰아치기 시작했다.

이성민은 가늘게 뜬 눈으로 백무선이 벌이는 짓을 보았다.

혈무유야공……. 그 이름까지는 이성민도 알지 못했지만 백무선이 펼치는 혈무유야공은 이전과는 전혀 다른 공격기를 만들어 가고 있었다.

'참 이상하지.'

이성민은 겨누고 있는 창을 내리지 않으면서 성큼 발을 뻗어 앞으로 향했다.

'저게 뭔지 모르는데…… 무섭지가 않아.'

반쯤 죽었다가 살아났다는 것은 안다. 그런 것치고는 정신이 평온하다. 여태까지 익혀온 모든 무공이 완전히 정립된 기분이었다.

2100년의 수행은 이성민이 평생을 수행해도 도달할 수 없는 아득한 경지에 도달할 수 있게 해주었다.

하지만 그것은 이성민에게 있어서 마냥 이익라고는 할 수 없었다. 그 수행의 결과로 이성민의 심, 기, 체는 더욱 엉켰고 2100년이라는 시간은 너무나도 길었다. 그 덕분에 이성민은 2100년의 수행의 결과를 온전히 사용할 수 없게 되었다.

하지만 지금은 아니었다. 심, 기, 체는 안정되었고 여태까지의 경험과 심득을 한데 모아 다시 정리하는 기연을 얻었다.

그렇기에.

백무선이 흩뿌린 붉은 안개가 덮쳐 왔을 때, 이성민은 당황 없이 창을 휘두를 수 있었다.

창 전체를 감싼 기묘한 기류가 란의 수법을 통해 흐름을 바꾼다. 이성민을 덮치던 붉은 안개가 창의 회전에 따라 바깥으로 밀려났다.

백무선이 놀란 소리를 내기도 전이었다. 쭉 뻗은 발이 앞을 디뎠을 때. 이성민은 이미 백무선의 코앞까지 와 있었다.

"헉!"

백무선이 기겁하여 몸을 뒤로 젖힌다. 그는 오른팔과 왼팔을 동시에 휘두르며 이성민을 떨쳐 내려 했다. 백무선의 손짓에 이성민의 몸이 안개가 되어 흩어졌다.

'이형환위!'

어디지?

백무선은 본능적으로 뒤를 돌았다.

판단은 옳았다. 이성민은 그곳에 있었다.

그의 두 눈은 끝을 알 수 없을 정도로 깊었다. 마주친 순간, 백무선은 자신도 모르게 그 두 눈에 의식이 빨려 들어간다고 느꼈다.

백무선의 몸이 움찔 굳는다. 그것은 1초도 되지 않을 정도로 짧았으나 이성민이 손을 뻗기에는 1초도 너무 길었다.

투욱.

활짝 펼친 이성민의 손이 백무선의 가슴을 밀었다. 창이 아니라 손이었다. 그것에 대해 의구심을 느낄 수도 없었다.

"쿠엑!"

백무선의 입이 쩍 벌어지며 시커멓게 죽은피가 뿜어졌다.

뒤로 날아간 백무선의 몸이 땅을 데굴데굴 굴렀다.

이성민은 펼친 손을 천천히 내렸다. 가슴을 붙잡고 컥컥거리며 기침을 토하던 백무선이 커다란 고함을 지르면서 벌떡 몸을 일으켰다.

"왜, 왜 창을 쓰지 않은 것이냐?!"

백무선이 피범벅인 입을 벌리며 사자후를 터뜨렸다.

이성민은 내린 손으로 다시 창을 쥐면서 대답했다.

"……아까워서."

"뭐……?"

"해보고 싶은 것이 더 있는데…… 창을 쓰면 끝나 버리잖아."

이성민은 무덤덤한 얼굴로 대답했다. 백무선의 몸이 바르르 떨렸다.

우습게 보였다는 뜻이겠지.

백무선의 두 눈에서 시뻘건 혈광이 터졌다. 제대로 된 장법을 펼친 것도 아닌데 이성민의 일장이 백무선의 내장을 뒤흔들어 놓았다.

그것은 수준 높은 내가중수법이었고, 이성민 본인도 자신의 손바닥에 실린 힘에 내심 놀라고 있었다.

"으아아아!"

백무선은 비명과 같은 고함을 지르면서 이성민을 향해 달려들었다. 그의 전신에서 폭사되는 붉은 안개가 끔찍한 살의를 담아 이성민을 덮친다.

뛰어드는 백무선의 속도보다 앞선 안개가 사방을 감싸려 들었다.

이성민은 양손으로 잡은 창을 뒤쪽으로 밀었다.

쿠우웅!

자하신공과 혈환신마공의 강기가 창 전체를 감싼다.

일직선으로 뻗은 창은 추혼일살.

덮치던 안개에 커다란 구멍이 뚫린다.

"나는!"

백무선은 침과 피를 튀기면서 왼팔을 휘둘렀다. 그것보다 이성민의 창이 더 빨랐다.

혈환파쇄를 담은 창을 쏘아낸다.

자색의 강기가 소용돌이치면서 백무선을 덮쳤다.

백무선은 혈환파쇄를 피하지 않고서 붉은 안개에 휘감긴 왼팔을 내밀었다.

꽈아앙!

커다란 소리와 함께 백무선의 왼팔이 허공을 날았다.

"내…… 팔……!"

백무선이 날아간 팔을 보며 비명을 지른다. 그러면서도 멈추지 않고 오른팔을 휘두른다.

피를 마시면 된다.

무엇을 위해 흡혈귀가 되었던가?

피만 마시면 그 어떤 상처도 회복하는 불사력을 원했다. 다시는 사지를 잃어 절망하고 싶지 않았다.

그리고 또…….

또 무엇을 위해 흡혈귀가 되었던가?

분뢰추살과 혈류추살이 만난다.

이성민의 창이 만들어낸 수십 개의 창영에 수십 개의 강기가 더해진다. 그것은 하늘을 가로지르는 수십 개의 유성군처럼, 자색 꼬리를 만들며 백무선을 덮친다.

소천마에 대한 원한, 복수심, 그와 마찬가지로 이성민에 대한 살의들.

흡혈귀가 되면서까지 추구하였던 감정들은 제니엘라의 권속이 되며 흐려졌다.

지금의 백무선은 제니엘라의 명을 따르는 인형이었다.

인간이 인외가 되는 방법은 다양하지만 결과는 똑같다. 인외가 되면 무언가를 얻지만 마찬가지로 무언가를 잃는다.

백무선은 울부짖으면서 오른팔을 휘저었다. 혈무유야공의 초식이 터져 나온다. 하지만 분뢰추살과 혈류추살을 완전히 막아내는 초식은 없었다.

붉은 안개가 사방으로 흩어졌고, 백무선의 왼쪽 옆구리에서 피가 뿜어졌다.

"으아아악!"

백무선의 비명은 길고 높았다.

이성민은 계속해서 앞으로 걸었다.

더 많은 것. 머릿속에 차곡차곡 정리된 무공들을 모두 펼쳐 보고 싶다는 욕구가 이성민을 움직이게 만들었다.

이성민이 펼친 구룡살생은 매끄러웠고 강력했다.

백무선은 필사적으로 안개를 끌어다가 방벽을 만들려 했으나 구룡살생은 그 안개를 충돌한 즉시 소멸시켰다.

그다음은?

백무선은 아득한 정신줄을 붙잡고서 연이어 무공을 펼쳤다.

하지만 안 된다. 이성민은 공도를 펼쳤고, 그것은 백무선의 모든 무공을 파훼시켰다.

이성민과 백무선 사이에는 아무것도 남지 않았다.

백무선은 펄쩍 뛰어 공중으로 도약했다.

"너 따위가!"

높은 곳으로 뛰어오른 백무선이 하나뿐인 손으로 땅을 내리찍었다.

붉은 안개가 손짓을 따라 아래로 쏟아진다.

이성민은 창을 아래로 내리고서 복사백탐을 펼쳤다. 그것은 백무선과의 거리를 관통했다.

안개 너머에서 백무선의 얼굴이 일그러졌다. 아래로 내렸던 오른손이 흔적도 없이 사라져 있었다.

"내 팔, 내 팔……!"

백무선은 입술을 빼끔거리며 쉼 없이 중얼거렸다. 본래라면, 이 정도의 상처를 입는다면 도주하는 것이 옳다.

흡혈귀인 백무선의 생명력은 인간과 비교할 수 없을 정도로 질기다. 제니엘라가 특별히 많은 힘을 부여한 덕분에 피만 마신다면 치명상에서도 소생할 수 있다.

하지만 백무선은 포기하지 않았다. 포기할 수가 없었다. 제니엘라의 명령 때문이었다. 아직 백무선은 이성민을 절망시키지 못했다.

양팔을 잃은 백무선은 다리를 허우적거리면서 공중에서 떨어졌다.

이성민은 떨어지는 백무선은 향해 창을 뻗었다. 손목에 작은 떨림을 주었을 때, 그 떨림이 창을 수십으로 나누어 백무선의 몸을 꿰뚫었다.

"끄으으……."

떨어진 백무선은 처참한 몰골이었다. 떨어지는 도중에 다리 하나는 창에 꿰뚫려 뜯겨져 날아갔고, 사지 중에 그나마 남은 다리 하나도 발목이 꺾여 있었다. 몸뚱이에도 창에 꿰뚫린 상처가 많았다.

저 정도의 상처라면 죽고도 남았지만 백무선의 목숨은 아직도 붙어 있었다.

"아…… 안 돼……."

백무선은 피투성이의 몸을 질질 끌며 일어서려 했다. 하지만 일어서는 것은 불가능했다.

"제니엘라…… 여왕님의 명령을……."

하지만 죽음은 가까웠다. 이곳에는 백무선의 상처를 회복시킬 만한 피도 없었고, 만월도 아니었다.

이성민은 발목이 끊어진 다리로 땅을 밀어내면서 꿈틀거리는 백무선을 무뚝뚝한 눈으로 내려다보았다.

"저런 꼴이 되면서까지 퀸의 명령을 따르려 하는군."

[저 녀석은 제니엘라의 혈족이니까.]

허주가 짜증 섞인 목소리로 투덜거렸다.

[뱀파이어들에게 있어서 혈족, 그 안에 있는 피의 상하관계는 절대적이야.]

"꼭 그것 때문만은 아닌 것 같은데."

[……인간이 아니게 되면서까지 얻은 힘이다. 아무런 대가도 없을 거라 생각했나?]

"더 요괴가 되기 싫어졌어."

[뱀파이어와 요괴는 근본적으로 달라. 뭐…… 네가 내키지 않다는 것도 인정하는 바이지만. 지금의 너 자신을 포기하고 요괴가 된다는 것은, 너로서 가지고 있던 것들을 버려야 한다는 뜻이다.]

"그게 무슨 말이냐?"

[인간으로서의 사고. 인간으로서의 행동. 네가 인간이기에

하는 대부분이 치환된다는 뜻이다. 인간이던 네가 돼지가 된다면, 돼지의 행동을 하는 것이 당연하지 않겠냐?]

허주가 낄낄 웃으면서 말했다.

[네가 요력을 쓰지 않는 이유에 대해서는 납득해 줄 수 있다. 인간으로 태어나고 살아온 너에게 요괴가 되라고 강요하는 것이 옳은 일은 아니니까. 하지만 말이다. 네가 추구하는 것이 진정으로 간절하다면 요괴가 된다고 해서 그것을 잃게 되는 것은 아니야. 다만 방법의 차이가 있겠지. 인간으로서 추구하던 목적까지 도달하는 방법과 요괴의 방법은 완전히 다를 테니까.]

이성민은 허주의 말을 들으면서 한숨을 삼켰다. 요력이라는 것은 꺼림칙하고 불길한 힘이었고, 요괴가 된다는 것은 그 불길한 힘을 휘두르는 존재가 된다는 것이다.

그렇기에 되고 싶지 않았다.

지금의 백무선은 인간으로서 가지고 있던 모든 것을 떠나 제니엘라의 명령만을 수행하려 들고 있었다.

뱀파이어와 요괴는 다르다고 허주가 말했지만 이성민이 보기에는 똑같았다. 결국에는 인간이, 인간이 아닌 괴물이 된 것 아닌가.

"멍청한 녀석……."

광천마가 다가왔다.

그는 바닥을 기는 백무선을 내려다보며 우울한 표정을 지었다. 그는 인간일 적의 백무선을 기억하고 있었고, 그때의 백무선이 얼마나 재기 넘치고 야망 넘치던 무인이었는지도 잘 알고 있었다.

"보내주게."

광천마가 한숨을 쉬며 머리를 돌렸다. 이성민은 머리를 끄덕거리며 백무선에게 다가갔다.

백무선은 다가오는 이성민을 보며 입을 쩍 벌렸다. 피로 물든 송곳니가 딱딱거리며 서로 부딪힌다.

그는 더 이상 아무런 말도 하려 들지 않았고, 이성민은 백무선이 더 이상 말하지 못하도록 만들었다.

머리가 박살 난 백무선은 더 이상 움직이지 못했다. 이성민은 끈적한 피에 젖은 창을 휘둘러 핏물을 털어냈다.

[남쪽으로 가자.]

허주가 유혹하듯 말했다.

[인간성을 유지하면서 요력을 다루게 된다면 더할 나위 없지 않으냐. 아무래도 나는 너를 남쪽으로 인도하기 위해 숲에서 나와야 했던 모양이야.]

"……가야지."

이성민은 천천히 머리를 끄덕거렸다.

제니엘라는 왜 백무선을 통해 나를 공격한 것일까?

제니엘라가 직접 왔다면 이성민은 제대로 된 저항조차 못 했을 텐데.

이성민은 의구심 어린 눈으로 트라비아를 돌아보았다. 무너져 있는 성벽 너머로 보이는 폐허와 다름없는 도시.

그곳을 응시하며 이성민은 작은 목소리로 내뱉었다.

"다시는 오고 싶지 않은 곳이야."

이성민은 그 말을 마지막으로 몸을 돌렸다.

6장
약속

광천마는 이성민의 뒤를 묵묵히 따랐다. 내심 아끼던 혈천마 백무선이 인간성을 저버려 괴물이 되었고, 결국에는 추하게 몰락하여 죽음을 맞은 모습을 본 덕분이었다.

하나 광천마가 느끼고 있는 혼란은 비단 그것 때문만은 아니었다.

'대체 뭐 하는 놈이란 말인가?'

앞서 걷는 이성민의 등을 본다.

백무선은 결코 쉬운 상대가 아니었다. 광천마도 백무선과 싸워보았지만 이성민처럼 쉽사리 쓰러뜨리지는 못했다.

그것은 광천마로서 많은 생각을 하게끔 만들었다. 불과 몇 달 전만 하더라도 이성민은 광천마의 상대가 아니었다.

당장 오늘 아침, 아니, 거기까지 갈 것도 없다. 백무선과 처음 싸웠을 때의 이성민은 광천마보다, 그리고 백무선보다도 약했다.

하지만 지금은 어떤가.

광천마는 이성민의 등을 노려보았다.

전력을 다하여 싸운다면 어떻게 될까? 내가 이길 수 있을까?

"허허!"

광천마는 너털웃음을 터뜨렸다. 해봐야 알겠지만…… 승리에 대한 확신은 없다.

'하지만…… 초월지경에 들지는 못했어.'

광천마는 초월지경에 든 무인을 알고 있었다.

천외천의 육존자, 그중 검존.

그는 의심할 여지가 없는 초월지경의 무인이었다. 지금의 이성민과 직접 싸워보지는 않았지만, 검존과 이성민을 비교한다면 광천마는 검존이 크게 우세할 거라고 생각했다.

'나이를 생각해 보면 대단한 일이지.'

광천마는 호승심을 접어두었다. 오늘만 날은 아니기 때문이다. 어차피 남쪽까지의 기나긴 여정 동안 함께 다니게 될 터이니 언젠가 이성민과 다시 싸워볼 날이 올 것이다.

"의욕이 솟구치는군."

광천마는 즐거운 목소리로 중얼거렸다.

제니엘라는 손으로 턱을 괴고서 생각에 잠겨 있었다. 그녀는 백무선이 어떤 말로를 겪었는지 두 눈으로 보았다. 백무선과 이성민의 싸움이 어떤 양상으로 흘렀는지도 보았다.

'허주가 개입했나? 아니, 요력은 사용하지 않았어…….'

납득이 되지 않는다.

제니엘라는 백무선에게 많은 힘을 실어주었다. 그녀의 권속에 들어가 있는 수많은 흡혈귀 중에서 백무선만큼 강한 힘을 가진 흡혈귀는 손에 꼽을 정도다.

그런데도 백무선은 패배했다.

제니엘라는 백무선에게 이성민을 절망시키라 명령했지만…… 백무선은 그를 수행하지 못했다.

제니엘라는 피식 웃으면서 몸을 일으켰다.

"재밌네."

백무선의 죽음에 아쉬움을 느끼지는 않는다. 백무선이 흡혈귀가 되어 제니엘라의 권속이 된 시점에서부터 제니엘라는 백무선에 대한 흥미를 잃었다.

백무선이 죽으면서 제니엘가 백무선에게 부여한 힘은 그대로 제니엘라에게 되돌아왔다.

시체를 수습할 필요도 없다. 힘을 잃은 흡혈귀의 육체는 태양빛을 이겨내지 못하고 먼지가 되어 흩어지기 때문이다.

'이렇게 갖고 싶은 인간은 오랜만이야.'

제니엘라는 입술을 핥으면서 키득거렸다. 이성민이라는 인간에 대한 흥미가 더욱 깊어졌다.

제니엘라는 천천히 몸을 일으켰다. 연회가 끝나가고 있었다. 끔찍한 비명이 맴돌던 홀에 더 이상 비명은 들리지 않는다.

김종현은 뒷짐을 지고 서서 모든 것을 보고 있었다. 수십의 인간이 김종현의 눈앞에서 흡혈귀의 음식과 술이 되었음에도 그는 조금도 동요하지 않고 있었다.

"백무선이 죽었군요."

김종현이 입을 연다. 김종현 또한 제니엘라와 마찬가지로 백무선과 이성민의 싸움을 보고 있었다.

제니엘라는 머리를 끄덕거리며 답했다.

"아주 재미있는 인간이야. 요력을 담고 있으면서 요괴도 아니고…… 그렇다고 반요도 아니지."

"그에게 흥미가 깊으신 모양입니다. 뱀파이어로 만드실 겁니까?"

"그가 원한다면."

"뱀파이어 퀸. 당신의 악취미에 대해서는 저도 잘 알고 있습니다. 당신은 절망한 인간을 유혹하여 굴복시키고 무릎으로 기게 만들어 애걸하게 하지요. 그가 그렇게 하리라 생각하시는 겁니까?"

"나는 인외의 선택지를 제시할 뿐이야. 선택하는 것은 언제나 인간의 몫이지."

"작은 궁금증이 드는군요. 당신이 선택지를 제시한다면 그를 택할 인간은 얼마든지 있을 겁니다. 당신이 인간을 고르는 기준은 무엇입니까?"

"절망하지 않을 것처럼 보이는 인간."

제니엘라가 망설임 없이 대답했다.

"그러면서도 절망을 두려워하는 인간. 절망하지 않을 것 같으면서도 계기만 생긴다면 절망할 것 같은 인간. 인간으로서의 꿈과 이상을 가지고 있었으나, 절망으로 인해 그것이 꺾인 인간."

"그런 인간도 찾아보면 아주 많을 텐데……."

"꼭 그렇지도 않아. 우선 너는 아니거든."

제니엘라가 화사한 미소를 지으며 말했다. 그 말에 김종현의 뺨이 움찔 떨렸다. 그는 제니엘라를 가만히 바라보다가 모르겠다는 듯 머리를 갸웃거렸다.

"무슨 뜻입니까?"

"너는 인간이면서 인간이 아니지."

제니엘라가 생각할 것도 없다는 듯이 대답했다.

"그리고 이미 절망해 있어. 너 또한 꽤 재미있는 인간이라고는 생각하지만…… 나는 너 같은 인간은 흡혈귀로 만들지 않아. 내가 넘어뜨리는 재미가 없잖아."

"칭찬입니까?"

"아니, 저주지."

김종현의 말문이 막혔다.

"그리고 예언이기도 해. 너 같은 인간은 대부분 이상을 이루지 못해. 그리고 끔찍한 죽음을 맞이하지."

"……하하!"

김종현이 웃음을 터뜨렸다.

"부디 그랬으면 좋겠군요."

김종현은 그 말을 끝으로 더 이상 말하지 않았다. 그는 로브를 추스르고 몸을 돌렸다.

제니엘라는 떠나는 김종현을 붙잡지 않았다.

그녀는 피를 섞어 더욱 붉은 와인을 흔들며 쿡쿡거리며 웃었다.

'멋대로 지껄이기는.'

김종현은 그런 생각을 하면서 걸음의 속도를 빠르게 했다. 프레데터의 일원이 되었으니 더 이상 북쪽에 볼일은 없다. 길드에 낸 휴가 기간도 끝나가니 슬슬 흑색 마탑으로 돌아가야만 했다.

다른 마탑과는 다르게 흑색 마탑은 마법사 길드의 감시를 받는다. 흑마법사의 마법과 사상은 대부분 불길하고 위험하게 취급받기 때문이다.

마음 같아서는 길드를 벗어나고 싶었지만 아직은 불가능한 일이었다.

감시는 귀찮지만 마법사 길드에 소속되어 있는 것은 많은 이점을 얻는다.

특히 마탑주 정도의 위치는 길드의 감시로 인한 귀찮음보다는 얻는 것이 훨씬 더 많다.

'종언…… 종언의 사도, 인과율.'

김종현은 이성민을 떠올렸다.

그는 참으로 신비로운 인물이었다. 몇 년을 주기로 이렇게 만나게 되지만, 그럴 때마다 이성민은 이전과는 비교도 할 수 없이 강해져 있었다.

이 세계에서 생존이 불리한 노 클래스. 이성민은 그 노 클래스로서 한계에 가까운 영역까지 도달해 있었다.

'당신에게는 강력한 운명력이 작용하고 있어. 종언의 사도가 당신을 가호하는 이상…… 당신은 의식하든 의식하지 않든 운명대로 흘러가게 되는 것이지. 우연처럼 당신과 계속해서 만나게 되는 나도, 어쩌면 그 운명에 얽혀 있는 것일지도 모르고.'

그런 생각은 김종현을 즐겁게 만들었다.

내 존재 의의는 무엇일까?

내가 모르는, 또 당신도 모르는 전생에서 나는 어떻게 되었을까.

지금의 나는 그 다른 세계의 나와는 다른 행동을 하고 있는가?

'다음에 당신과 만날 때 나는 어떤 모습을 하고 있을까.'

김종현은 낮은 웃음을 흘렸다.

위지호연은 발을 질질 끌며 걸었다. 그녀의 몸을 감싼 흑룡포는 힘없이 늘어져 있었고, 언제나 고고하던 그녀의 얼굴은 어울리지 않게 초췌했다.

'얼마나 남았지?'

걷는 것이 힘들어져서 그녀는 가까운 나무 그늘에서 휴식을 취했다.

루베스까지 향하는 여정은 너무나도 길었다. 이제 시간이 얼마 남지 않았는데, 이렇게까지 가는 길이 힘들 거라고는 생각하지 못했다.

천외천, 육존자.

위지호연은 그들을 떠올리면서 아랫입술을 잘근 씹었다.

그들은 천외천이라는 이름을 대는 것에 부족하지 않을 정도로 강했다. 육존자 중 말석이라는 권존도 위지호연이 여태까지 살아오면서 만난 이들 중 최고의 강적이라고 하기에 충분했다.

'다음에 다시 찾도록 하지.'

피투성이의 권존은 그 말을 남기고서 자리를 떠났다.

삼 일 동안 계속된 싸움에서 위지호연은 권존을 죽이지 못했다. 마찬가지로 권존도 위지호연을 죽이지 못했다.

저주만 남겼을 뿐이다.

"우웩!"

호흡을 고르던 위지호연은 참지 못하고 시커먼 피를 토했다.

그녀는 자신이 내뱉은 검게 죽은피를 보며 아랫입술을 잘근 씹었다.

권존이 새긴 저주는 엘릭서로도 치유되지 않는다. 이것은 육체가 아닌 존재에 새긴 저주로, 위지호연을 조금씩 갉아먹고 있었다.

위지호연은 울렁거리는 가슴을 꾹 눌렀다.

'나를 죽이지 않았어. 왜지?'

그것에 감사를 느껴야 하나?

약속의 날을 얼마 남기지 않은 시점에서 이런 일을 겪게 될 줄이야.

위지호연은 비틀거리며 몸을 일으켰다. 저주를 끝내야 한다.

"……세렌."

위지호연이 입을 열었다. 그러자 그녀의 그림자 아래에서 깔끔한 정장을 입은 여자가 일어섰다.

위지호연을 담당한 에레브리사의 중개인이었다. 세렌은 창백한 위지호연의 얼굴을 보면서 침중한 표정을 지으며 머리를 꾸벅 숙였다.

"……네."

"이 저주에 대한 해주 방법…… 찾지 못한 거냐?"

"……이전에도 말씀드렸다시피 당신을 좀먹고 있는 저주는 저주를 새긴 장본인을 죽이지 않으면 해주할 수 없습니다."

그에 대해서는 이미 알고 있다.

세렌의 중개를 통해 뛰어난 주술사와 마법사와도 만나보았지만, 그들은 세렌과 똑같은 말만 반복할 뿐이었다. 저주를 건 당사자를 죽이지 않는 한 저주를 풀 방법은 없다.

"그렇다면 권존의 위치는?"

"저희와 협력하고 있는 정보 길드를 통해 수소문은 계속하고 있습니다만 천외천이라는 단체가 워낙에 비밀스러운 곳이라 권존의 위치는 확인되지 않고 있습니다."

에레브리사는 편리하지만 그렇다고 해서 만능은 아니다.

에레브리사의 정보는 그들에게 협력하고 있는 정보 길드를 통해 구하는 것이다.

하지만 천외천이라는 단체는 분명히 존재하고 있음에도 유령과 같아서 정보 길드 쪽에서도 아무 정보가 돌지 않고 있었다.

"결국 내 쪽에서 기다릴 수밖에 없는 건가."

위지호연은 쓴웃음을 흘리며 중얼거렸다.

권존은 다음에 다시 찾아오겠다고 말했다.

저주에 걸린 지금, 권존과 다시 만나게 된다면 승리할 수 있을까?

아니면 권존에게 저주를 풀어달라고 애걸해야 하나.

'놈은 나를 죽이지 않았어. 어떻게든 천외천에 나를 들이고 싶다는 뜻이겠지……. 놈들의 목적은 뭐지?'

천외천이라는 단체에 대해서도 알아보았지만 제대로 된 정보는 없었다.

그나마 알게 된 것은 천외천은 인간과 아인이 뒤섞여 있고, 육존자는 천외천 중에서도 그나마 가장 드러난 존재일 뿐이라는 것이었다.

또한 권존이 스스로 말했던 것처럼 권존은 육존자 중에 말석이었다.

애당초 육존자 중에서 존(尊)이라 자칭하는 이들은 셋밖에 되지 않았고, 나머지 셋은 그들보다 한 수 높은 경지로 여겨지고 있었다.

"……하하!"

위지호연이 낮은 웃음을 뱉으면서 몸을 돌렸다.

세렌은 그런 위지호연의 등을 착잡한 표정으로 보다가 모습을 감추었다.

위지호연은 천외천을, 그리고 권존을 떠올리면서 웃음을 멈추지 않았다.

솔직히 말해서.

여태까지는 항상 쉽다고 생각했다.

위지호연이 에리아에서 살아온 10년은 항상 쉬웠다. 천외천의 존재를 알기 전까지는 그랬다.

이제는 아니었다. 천외천을 알게 되었다. 위지호연은 자신이라는 존재가 스스로 생각했던 것보다 그리 대단한 것이 아님을 깨달았다.

'너에게 부끄러운 모습은 보여주고 싶지 않았는데.'

위지호연은 그런 생각을 하면서 발을 질질 끌며 걷기 시작했다. 루베스까지는 아직 거리가 멀다. 그러니 쉬지 않고 계속해서 가야만 했다.

'가야 해.'

10년 전에 한 약속을 어기고 싶지 않았다.

루베스는 에리아 중앙에 있는 대도시다. 이곳에는 마법사 길드의 금색 마탑과 적색 마탑이 있고 용병 길드의 본부도 있다.

무림맹이 있는 크론이 인접해 있기 때문에 루베스는 무림인과 마법사로 북적거린다.

하지만 이 세계에서 살아가고 있는 것은 무림인과 마법사만이 아니다. 그들에 비해 존재감은 턱없이 옅지만 노 클래스도 에리아에 소환된다.

본래부터 에리아에 살아가던 주민, 과거 에리아에 소환된 자가 낳은 자식.

무림인과 마법사뿐만이 아니라, 에리아에 살아가는 모든 이들이 루베스에서 사는 것을 꿈꾼다.

루베스는 꿈의 도시다. 많은 사람이 루베스에서 터를 잡는 것을 꿈꾸고, 실제로 루베스에 터를 잡은 사람은 이 도시의 하층민이라고 하여도 다른 도시의 중산층에 버금가는 풍족한 삶을 영위한다.

급수 낮은 C급 용병은 하루 벌어 하루 살기에 바쁘다. A급 이상의 용병이라고 해도 루베스에서 의뢰를 받기에는 자격이 부족할 정도다.

루베스는 가장 유명하고 큰 도시였지만 이성민은 이름만 들어보았지 한 번도 와본 적은 없었다.

"이성민? 흠…… S급 용병이군."

베헨게르를 떠난 후로 용병 의뢰는 수행하지 않았지만, 그렇다고 해서 용병패가 쓸모없는 것은 아니었다.

루베스는 대도시인 만큼 치안에 관해서는 엄격했다. 도시에 들어서는 줄은 길었고, 제대로 신분 증명이 되지 않는다면 출입할 수 없다.

"그쪽은?"

한참 동안 줄을 서서 간신히 차례가 되었고, 용병패를 보여준 이성민은 별문제 없이 성문을 통과할 수 있었다.

루비아는 얌전히 이성민의 품 안에 몸을 숨기고 있었기 때문에 검문에 걸리지는 않았다.

"본좌는 광천마 벽원패다."

광천마의 차례였다. 그는 품 안에서 신분패를 꺼내 경비병에게 보여주었다. 경비병은 신분패를 확인하고서 머리를 끄덕거렸다.

"혹시나 해서 말하는데 이곳에서 사고 칠 생각은 하지 마십시오. 정파나 사파나 내가 알 바는 아니지만, 이 도시는 무림맹과 사마련(邪魔聯), 그리고 마법사 길드의 보호를 받는 도시니까."

"본좌를 멍청한 천둥벌거숭이로 아는 것인가?"

광천마가 투덜거렸다.

루베스는 대도시답게 다양한 세력의 힘이 얽혀 있었다. 아무리 광천마가 개인적으로 높은 경지에 오른 무인이라고 해도 루베스 안에서는 허튼짓을 할 수 없다.

"들어가십시오."

별다른 문제 없이 성문을 통과하게 되자 광천마가 투덜거렸다.

"무림맹, 사마련. 흥! 본좌가 마음만 먹는다면……."

"지랄하지 마십시오."

이성민은 광천마가 투덜거리는 소리를 들으면서 내뱉었다.

그 말에 광천마는 찔끔하여 입을 다물었다.

위지호연과 약속한 날은 바로 내일이다. 여정을 서두르기는 했지만 아슬아슬하게 도착했다.

북쪽 끝자락에 있는 트라비아에서 루베스까지 오는 동안, 이성민은 광천마와 거의 매일같이 비무를 해왔다. 여정에 무리가 가지 않을 정도로 서로 손속을 조절하기는 했지만 그 여정 동안 광천마는 이성민의 무위를 인정하게 되었다.

"사고 치지 않을 것이니 안심해라."

"만약 그런 일이 벌어진다면 어르신과 나는 모르는 사이인 겁니다."

"거참 너무하는군. 본좌가 혈환신마공을 가르쳐 준 은혜를 잊은 것인가!"

"이곳까지 오는 동안 싫다는 나를 붙잡고 비무하자는 것을 다 들어주지 않았습니까. 어르신의 억지에 다 맞춰주었으니 혈환신마공을 배운 은혜는 이미 다 갚았다고 봅니다."

"끄응!"

이성민의 대답에 광천마가 앓는 소리를 냈다.

말은 그렇게 하기는 했지만 이성민은 여정 동안 광천마에게 많은 도움을 받았다. 자신의 무위를 확실하게 점검해 볼 수 있었고, 혈환신마공에도 많은 진전을 얻었다.

확실한 것은 아직 초월지경에 입문하지 못했다는 것이다. 동시에 이성민은 자신이 정신세계에서 입문했던 경지가 초월지경이라는 확신을 얻었다.

아직 그는 정신세계 속의 무위보다 약했고, 초월지경을 앞둔 지금과 초월지경에 입문한 정신세계의 자신과는 많은 차이가 있었다.

무언가를 얻은 것은 이성민뿐만이 아니었다. 비슷한 경지의 무인과 꾸준히 비무하는 것은 광천마를 성장시키기도 했다. 결국 서로가 이득을 얻었다는 것이다.

"루베스는 오랜만이네요."

루비아가 품에서 빠져나왔다. 그녀는 웅크리고 있던 고양이처럼 쭉 기지개를 켜면서 허리에 손을 얹었다.

"루베스에 와본 적이 있습니까?"

"있죠. 이곳은 마법사 길드의 본부도 있고, 금색 마탑과 적색 마탑도 있으니까요."

금색 마탑.

이성민은 몇 년 전의 기억을 떠올렸다. 프레스칸의 던전에서 이성민은 금색 마탑주인 로이드와 인연을 맺었다.

로이드는 자신의 목숨을 구해준 이성민에게 언젠가 다시 찾아온다면 부탁을 하나 들어주겠다고 말했었다.

'지금으로서는 딱히 부탁하고 싶은 것이 없는데.'

로이드가 처음 그 말을 했을 때에도 그 상황에서 로이드에게 부탁하고 싶은 것이 없기에 나중으로 미루어 두었다.

이성민은 왼쪽 손목을 힐긋 내려다보았다. 소림에서 스칼렛과 헤어졌을 때에 스칼렛에게 받아두었던 팔찌. 언젠가 스칼렛이 도움이 필요할 때 팔찌를 통해 알려주겠다고 했었다.

하지만 몇 년 동안 팔찌는 단 한 번도 반응하지 않았다.

이성민은 내심 그것에 안심하고 있었다. 스칼렛에게 많은 도움을 받았었고, 팔찌가 반응하지 않는다는 것은 스칼렛의 신변에 아무 문제가 없다는 증거였기 때문이다.

“제 매정한 주인님은 1년이 넘은 지금까지 단 한 번도 연락하지 않으셨지만, 어쩌면 금색 마탑에 메시지를 남겨놓았을지도 몰라요.”

여정 내내 그랬지만 루비아는 잔뜩 신이 나 있었다.

이성민은 들뜬 루비아의 목소리를 듣고서 눈을 동그랗게 떴다.

“무슨 말입니까?”

“금색 마탑주인 로이드 님은 제 주인님의 제자거든요.”

“뭐?”

이성민이 놀란 표정을 지었다. 루비아는 이성민의 놀람에 뿌듯함을 느끼면서 가슴을 활짝 폈다.

“저희 주인님은 대단한 분이라고요. 대중적으로 유명하지는 않아도 이름 높은 마법사 중에서 저희 주인님을 모르는 사람은 적어요!”

루비아의 말로 인해 오늘 할 일이 정해졌다. 내일은 위지호연과 만나야 하니 여유가 없지만 오늘은 일정이 없다. 그러니 금색 마탑과 적색 마탑에 들르기로 했다.

루베스는 대도시답게 다른 도시에서는 찾아볼 수 없는 편리한 시설이 많았다. 도시 주민의 빠른 이동을 위해 철도 위를 달리는 기차와 기차역들.

이성민은 앞장서는 루비아를 따라 성문에서 가까운 기차역으로 향했다.

"기차라니……."

감탄할 수밖에 없었다. 서울에서 살았던 이성민은 기차와 전철 같은 철도를 알고 있었지만, 에리아에서 그것을 접한 경험은 없었다.

루베스에 철도가 있다는 소문은 과거에도 들어보기는 했지만 이렇게 두 눈으로 직접 보는 것은 처음이다.

"마법사와 기술자가 협력해 만들어낸 루베스의 자랑이죠. 모든 노 클래스가 그런 것은 아니지만, 일부 노 클래스는 마법사와 무림인이 갖지 못한 기술력을 가지고 있어요. 거기에 드워프의 손재주와 마법이 만난다면…… 짠!"

루비아가 신이 난 목소리로 설명했다. 그녀는 철도에 정차되어 있는 기차를 가리키면서 의기양양한 표정을 지었다.

"마차처럼 흔들리지도 않고, 마차보다 빠르고, 가만히 앉아서 창밖 풍경을 감상할 수 있는 거예요!"

"왜 네가 뿌듯해하는 것이냐?"

광천마가 어이가 없다는 표정을 지으며 말했다. 그 말에 루비아가 손을 들더니 코를 붙잡았다.

"말하지 말아주실래요? 촌뜨기 냄새가 나니까."

"뭐야?"

"빨리 오기나 하시죠. 표를 끊어야 하니까!"

루비아는 광천마를 상대하지 않고 깡총거리며 개찰구로 향했다.

이성민은 감회에 젖어 기차를 힐긋거리며 루비아를 따라 개찰구로 향했다.

이 세상은 노 클래스에게 가혹했지만 모든 노 클래스에게 가혹한 것은 아니었다. 가진 지식의 내용에 따라 이 세상에서 대우를 받는 노 클래스도 얼마든지 있다.

하지만 그런 재주를 가진 노 클래스는 극히 일부다. 이성민도 철도에 대해서는 알고 있지만 철도를 만들 지식은 가지고 있지 않다. 대부분이 그럴 것이다. 이 세상에서 대우받을 지식이 없는 노 클래스는 처참하게 살아갈 수밖에 없다. 전생의 이성민이 그랬던 것처럼 말이다.

루베스의 중앙 광장과 금색 마탑, 적색 마탑은 그리 멀지 않았다. 우선 이성민은 금색 마탑으로 가는 표를 끊었다.

"이런 편리한 탈것이 왜 다른 도시에는 없지?"

기차에 오른 광천마가 중얼거렸다. 그는 금속으로 이루어진 기차에 타는 것이 영 거북한 듯했으나, 자리로 향하자 자신이 창가 자리에 앉겠다고 고집을 부렸다.

"관리가 힘들기 때문이죠."

선심 쓰듯이 창가 자리를 양보해 준 루비아가 으스댔다.

"루베스는 에리아의 모든 도시에서 가장 치안이 안정되어 있고 서로 다른 세력이 얽히면서 소란이 없는 도시예요. 게다가 부유한 사람이 많아 다른 도시에 비해서 거둬들이는 세금의 양도 어마어마하죠. 철도는 편리하지만, 그렇다고 해서 모든 도시에 적용할 만큼 쉬운 수단이 아니에요."

그에 대해서는 이성민도 공감했다. 이성민이 살았던 한국에도 모든 도시에 전철이나 기차가 있는 것은 아니었기 때문이다.

철도를 개설하는 것에는 시간과 돈, 그리고 기술이 든다. 모든 도시가 그것들을 확보하고 있는 것은 아닐 것이다.

"오오…… 움직이고 있어……."

기차가 움직이기 시작했다.

광천마는 의자 팔걸이를 단단히 잡고서 창밖을 뚫어져라 보았다. 이성민도 창밖을 멍하니 보았다.

처음에는 조금 덜컹거렸지만 기차가 본격적으로 속도를 내기 시작하자 미약한 진동밖에 느껴지지 않았다.

"단거리 텔레포트는 아직까지 많은 위험성을 내포하고 있어요. 마법사 본인이 하는 것이라면 모를까, 다른 사람을 단체로 텔레포트시키는 것에는 변수와 위험이 너무 많죠. 텔레포트 마법은 많은 마법사가 개발하고 있지만 상용화되기 위해서는 적어도 몇십 년은 필요할 거예요."

스쳐 지나가는 창밖의 풍경에 혼이 빠진 광천마를 보면서 루비아가 웃음을 삼켰다.

“촌뜨기!”

“금속으로 만들어진 철마가 달리다니…….”

“마법 덕분이죠! 멋지지 않아요? 무공을 쓰지 못하는 사람도 기차를 타면 먼 거리를 빠르게 이동할 수 있다고요. 이런 편리함을 가능하게 하는 것은 무공이 아닌 마법과 기술이에요.”

“그렇지만…… 본좌가 달리는 것이 더 빨라.”

“무식한 말 좀 하지 말아주시죠.”

“본좌가 마음만 먹는다면 이런 철마 따위 일장에 때려 부술 수 있다.”

“뭔 개소리를 하는 거예요?”

루비아와 광천마가 티격거렸다.

함께한 여정 동안 광천마와 루비아는 많이 친해져서, 이렇게 보고 있으면 할아버지와 손녀를 보는 것 같았다.

[많이 변했군.]

놀라워하는 것은 광천마뿐만이 아니었다. 마갑에 깃들어 있는 허주도 탄성을 흘렸다.

[내가 살았던 400년 전에는 이런 것이 없었다.]

‘시간이 시간이니까 당연히 달라졌겠지.’

[여태까지는 그것을 제대로 인지하지 못했어. 그래…… 400년. 400년은 긴 시간이지. 남쪽은 과연 어떻게 변해 있을까.]

그렇게 중얼거리는 허주의 말은 조금 쓸쓸하게 느껴졌다.

잠자는 숲에 봉인되어 있던 허주의 시간은 400년 전에서 멈춰 있다. 요괴가 득실거리는 남쪽이라고 하지만 허주가 알던 남쪽은 400년 전의 남쪽이다.

금색 마탑 역에서 기차가 멈췄다.

광천마는 더 기차를 타고 싶어 하는 모양이었기에 이성민은 사고를 치지 마라 당부한 뒤에 광천마를 내버려 두고 기차에서 내렸다.

성문 쪽 기차역도 마찬가지였지만 금색 마탑 역에도 거지가 많았다.

그들은 뻔뻔하게도 역 안 구석 쪽에 오순도순 앉아 있었다. 그들은 이성민을 주시했고, 이성민은 그들의 시선을 무시했다.

크론에는 무림맹과 개방 본방이 있다. 크론과 가까운 루베스에 거지가 많은 것은 당연하다.

"빨리 가요!"

루비아가 이성민을 재촉했다. 이성민은 거지들의 시선을 무시하고서 역을 빠져나왔다.

역과 금색 마탑은 가까웠다. 금색 마탑은 그 이름과는 다르게 금색으로 빛나지는 않았지만 높다란 탑의 모습은 하고 있었다. 그 탑과 멀지 않은 곳에 비슷한 높이의 마탑이 있었다.
"적색 마탑이에요."
"로이드 님을 만난 후에 적색 마탑도 들릅시다."
"왜요?"
"안부를 전할 사람이 있어서."
이성민은 그렇게 말하면서 마탑의 문으로 들어갔다.
로이드를 찾아왔다고 말했지만, 마탑의 1층에 있는 마법사는 머리를 가로저으며 거절했다. 마탑주인 로이드와 미리 약속을 잡지 않았다는 것이 그 이유였다.
그것에 대해서 이성민이 더 뭐라고 말을 하려 했지만, 그전에 루비아가 나섰다.
"당신에게는 말할 수 없지만 저희는 로이드 님의 중요한 손님이에요. 당신이 거절한다면 로이드 님이 당신에게 무례를 물을 텐데. 괜찮으시겠어요?"
"아무리 그렇다고는 해도……."
"감당하시겠다는 거죠? 알았어요. 돌아갈게요. 안타까워라, 아직 젊으신데…… 쯧쯧!"
루비아가 마법사를 위아래로 훑어보며 중얼거렸다. 그 말에 마법사의 얼굴이 하얗게 질렸다.
그는 잠깐 동안 머뭇거리다가 한숨을 푹 내쉬면서 머리를 끄덕거렸다.

"알겠습니다……. 뭐라고 전해드리면 될까요?"

"로이드 님에게 수정구를 연결해 주세요. 말은 제가 할 테니까요."

마법사가 수정구를 들고 와 루비아에게 건네주었다. 잠깐의 신호가 지난 뒤에 수정구의 색이 변했다.

루비아는 수정구를 빤히 보았다. 이쪽에서는 로이드의 모습을 볼 수가 없지만 수정구의 너머에 있는 로이드는 루비아의 얼굴을 보고 있다.

잠시 뒤에 수정구가 금색으로 물들었다.

"허락하셨네요."

루비아가 보란 듯이 웃으면서 수정구를 돌려주었다. 마법사는 루비아의 웃음을 보고서 찔끔하여 머리를 끄덕거렸다.

"올라가십시오."

이성민과 루비아는 마법사가 자리를 비켜준 문 안으로 들어갔다.

문이 닫히자 루비아는 능숙하게 문 옆에 있는 장치를 조작했다. 그러자 바닥이 천천히 위로 떠오르기 시작했다.

"엘리베이터로군."

"아시나요?"

"나는 다른 세계에서 왔으니까."

부유하는 바닥은 계속해서 위로 떠올랐다. 머지않아 바닥이 멈추었고 루비아가 바로 문을 열었다.

"이쪽이에요."

이성민은 루비아를 따라 복도를 가로질렀다. 복도의 끝에는 장식이 화려한 금색 문이 있었다. 루비아가 손을 들어 노크하기도 전에 문이 열렸다.

"갑작스러운 손님이군."

열린 문의 안쪽에서 로이드의 목소리가 들렸다.

로이드는 몇 년 전에 보았을 때와 똑같았다. 금색 머리카락도, 관록 있어 보이는 잔주름도.

그는 콧잔등에 걸치고 있던 안경을 벗으면서 보고 있던 책을 덮었다.

루비아는 푹신한 의자에 앉은 로이드를 향해 꾸벅 머리를 숙였다.

"오랜만이에요, 로이드 님."

"그렇구나. 대충 7년 만인가. 너는 조금도 늙지 않았구나."

"로이드 님도요."

로이드의 경우에는 마법과 마력으로 늙음을 억제하고 있는 것이지만 인공 정령인 루비아에게 늙음이라는 것은 애초에 존재하지 않는다.

로이드는 루비아의 화답에 피식 웃고서는 이성민 쪽으로 시선을 옮겼다. 잠깐 동안 이성민을 응시하던 로이드는 낮은 탄성을 내질렀다.

"많이 변했군. 그때와 같은 사람이라고는 생각할 수 없을 정도야."

"저를 알아보시는 겁니까?"

"얼굴이 크게 변한 것은 아니니까. 그리고 나는 기억력이 꽤 좋은 편일세. 내 입으로 약속한 것을 잊을 정도로 뻔뻔하지도 않고."

로이드는 그렇게 말하면서 몸을 일으켰다. 로이드가 가볍게 손을 휘젓자 방 안의 풍경이 완전히 바뀌었다. 방금 전에는 조용한 서재였던 방이 깔끔한 응접실로 바뀌었다.

그것은 고차원의 공간 마법이었으나 로이드는 아무렇지 않게 그것을 해냈다.

"부탁할 것은 정했나?"

"아직 정하지 못했습니다."

"후후! 얼마나 대단한 것을 부탁하려는지 감도 안 잡히는군. 나라 해서 만능은 아니니 너무 대단한 것은 부탁하지 말아주게."

"알겠습니다."

이성민은 쓰게 웃으면서 답했다.

로이드가 자리를 권하였기에 루비아와 이성민은 로이드의 맞은편에 앉았다. 로이드가 손가락을 부딪치자 인원수에 맞는 찻잔이 나타났다.

"부탁할 것을 정하지 않았다면 무슨 일로 나를 찾아온 것인가? 이렇게 차나 마시자고 온 것은 아닐 테고."

"저희 주인님에 관해서."

루비아가 입을 열었다. 그 말에 로이드가 금색 눈동자를 빛내며 루비아를 응시했다. 잠깐 동안 루비아를 보던 로이드의 눈이 이성민에게 향했다.

"……루비아, 네가 저 청년과 함께 행동하고 있다는 것은 내 스승님의 뜻인가?"

"물론이죠."

"자네를 믿지 못해서는 아니야. 하지만 스승님은 은밀하신 분이지. 네가 혼자서 나를 찾아왔다면 모를까, 저 청년과 함께 온 이상 증명이 필요해."

"마나에 맹세하겠어요. 저는 엔비루스 님의 사역마로서 엔비루스 님의 명령을 받아 이성민 님과 함께 행동하고 있어요."

루비아가 거리낌 없이 맹세를 통해 증명했다. 마나의 흐름이 요동치는 것을 보고서 로이드는 머리를 끄덕거렸다.

"스승님이 두 달 전쯤에 나를 찾아왔었지."

"역시나!"

루비아가 환한 미소를 지으며 머리를 끄덕거렸다.

이성민은 침묵하고서 로이드를 바라보았다. 엔비루스는 이성민과 마찬가지로 인과율이 비틀린 존재로서 이성민처럼 데니르의 시련을 이겨낸 마법사였다.

이성민은 엔비루스를 만나고자 했으나 엔비루스의 자취를 쫓아 향했던 잠자는 숲에서는 엔비루스의 사역마인 루비아와 봉인되었던 요괴 허주만 만났을 뿐이었다.

"저희 주인님이 무슨 말을 남기셨나요? 왜 주인님이 직접 찾아오지 않으시죠?"

"미안하다 하시더군."

로이드가 쓰게 웃으며 말했다.

"직접 찾아가고 싶었으나 그럴 수가 없다면서 말이야. 대신에 남쪽으로 와달라고 하더군."

"……네? 남쪽이요?"

로이드의 말에 이성민도 내심 놀랄 수밖에 없었다. 아귀가 너무 맞아떨어지고 있었다.

이성민은 요력을 다루는 방법을 익히기 위해서 남쪽으로 향하고 있다. 루베스에서 위지호연과 만난다면 위지호연과 함께 남쪽으로 내려가고 싶다는 것이 이성민의 욕심이었다.

"남쪽으로 향하다 보면 만나게 될 것이라 했네. 그리고……이건 스승님이 자네에게 보낸 전언인데."

로이드의 눈이 이성민에게 향했다.

"인간의 길을 벗어나지 말라고 하더군."

"……예?"

"나로서는 그 말이 굉장히 부정적이게 들리지만 말이야. 인간이 인간의 길을 벗어나게 되면 필연적으로 마(魔)에 물들게 돼. 그래서 내가 흑마법사를 싫어하는 것이기도 하고."

[흠.]

로이드의 말에 허주가 시큰둥한 반응을 보였다.

[엔비루스 놈, 애매하게 구는 것을 좋아하는 놈이군. 인간의 길을 벗어나지 말라고? 그렇게 말하는 놈이 왜 나를 내버려 뒀지. 너와 내가 만나면 내가 너에게 깃들 것은 예상했을 텐데.]

그 말에는 이성민도 공감할 수밖에 없었다.

루비아는 기가 죽어 귀를 축 늘어뜨렸다. 고작 이런 말을 남길 것이면 직접 찾아와서 하면 될 텐데, 대체 무슨 일이 있기에 로이드를 통해 메시지를 남긴단 말인가.

"프레스칸이 북쪽에 있는 것은 알고 계십니까?"

로이드는 프레스칸을 추적하고 있다. 이성민은 그것을 떠올리고서 로이드에게 질문했다.

그 말에 로이드는 한숨을 푹 내쉬면서 머리를 끄덕였다.

"알고 있네. 조금 더 빠르게 알았으면 좋았을 텐데…… 프레스칸이 북쪽으로 갔고, 프레데터에 소속된 이상 나는 이제 프레스칸을 좇을 수 없게 되었어."

"무슨 뜻입니까?"

"북쪽 트라비아는 뱀파이어 퀸 제니엘라의 영역일세. 그 오랜 괴물은 온갖 종류의 사법에 능하면서 육체적으로도 강력하지. 내가 프레스칸을 쫓아 북쪽으로 향한다면 제니엘라는 결코 나를 무시하지 않을 거야. 그리고…… 문제는 제니엘라만이 아니야. 내가 프레스칸을 죽인다면 아르베스가 나를 죽일 거야."

"……아르베스?"

[프레데터를 이끌고 있는 다섯 괴물 중의 하나다. 뱀파이어 퀸, 아크 리치, 데스 나이트, 라이칸슬로프, 요괴. 이렇게 다섯이 프레데터의 꼭대기에 서 있지.]

허주가 대답했다.

"아크 리치인 아르베스는 프레스칸과 비교도 할 수 없을 정도의 힘을 가진 괴물일세. 흑마법이라는 분야에 있어서는 아르베스가 정점에 서 있지. 누군가 말하기는 아르베스가 심연의 어둠마저 꿰뚫어 보았다고는 하는데…… 후후! 나는 그 말을 믿지는 않아. 그것은 모든 마법사가 추구하는 진리를 보았다는 것과 같은 말이니까. 그렇다고는 해도 아르베스가 무시무시한 괴물이라는 것은 틀림없는 사실이지. 마법사 중에서 아르베스와 상대할 수 있는 것은 내 스승님뿐일 거야."

그 말을 통해 이성민은 엔비루스가 어느 정도의 힘을 가진 존재인지 알 수 있었다.

아르베스를 본 적은 없지만 아크 리치인 아르베스와 제니엘라는 동등한 위치에 서 있다.

엔비루스가 아르베스를 상대할 수 있다면 엔비루스 또한 제니엘라에 버금가는 괴물이라는 뜻이다.

로이드에게 들어야 할 것은 모두 들었기에 이성민과 루비아는 금색 마탑을 나왔다. 마탑을 나오는 중에 이성민은 의문을 느껴 허주에게 질문했다.

'너는 프레데터에 소속되지 않았다고 했었지. 그런데 프레데터의 정점에 요괴의 왕도 있다면…… 너는 그 존재가 누군지 알고 있냐?'

[알고 있지. 400년 전과 달라지지 않았다면 말이다. 내가 아는 요괴의 왕은 적귀(赤鬼)다. 이 어르신만큼은 아니어도 제법 강한 놈이었지.]

허주가 으스대며 말했다.

이전에는 허주의 이런 말을 잘 믿지 않았지만 제니엘라나 주원 같은 괴물들이 허주를 인정하고 있는 것을 겪어왔기 때문에 이제는 믿을 수밖에 없었다.

"마탑주님은 부재중이십니다."

금색 마탑을 나와 적색 마탑에 들렀으나 스칼렛을 만날 수는 없었다.

가는 날이 장날이라더니, 루베스에 와 적색 마탑에 들렀더니 스칼렛이 자리에 없었다. 결국 이성민과 루비아는 적색 마탑을 나와 기차역으로 돌아갔다.

해가 저물 무렵이 돼서야 광천마가 돌아왔다. 그는 반쯤 혼이 빠진 얼굴이었고, 자신을 내려놓고 떠나간 기차의 꽁무니를 멍하니 보았다.

"……철마는 멋지구나."

떠나가는 기차의 등을 한참 동안 보고 있던 광천마가 중얼거렸다. 루비아는 광천마가 바리바리 싸 들고 있는 삶은 계란이나 육포 따위의 먹을 것을 보면서 헛웃음을 흘렸다.

"촌뜨기."

"맞다……. 본좌는 촌뜨기였다. 세상에는 무인만 있는 것이 아니었구나."

광천마가 반박하지 않고 머리를 끄덕였다. 새로이 기차를 타자 광천마는 이번에도 창가 자리에 앉았다.

기차가 출발하고 그리 오랜 시간이 지나지 않아 중앙 광장 근처에 도착했다. 그들은 광장에서 가까운 여관방을 잡았다. 번화가의 중심이었기 때문에 방값이 굉장히 비쌌지만 돈은 얼마든지 있었다.

가볍게 식사를 하고서 이성민은 자신의 방으로 올라왔다.

낮에 로이드와 만났고, 인간의 길을 벗어나지 말라는 꺼림칙한 이야기를 듣기는 했지만 지금은 그에 대한 생각이 조금도 들지 않았다.

내일이면 10년 전에 약속한 날이 된다.

3월 14일.

그것을 떠올리는 것만으로 이성민은 떨림을 느꼈다.

허주도 이성민의 감정을 전해 듣고서 웃는 소리를 냈다.

[1년 전 던전에서 봤던 소천마는 어린 괴물이었지. 하지만…… 지금의 너도 충분히 어린 괴물이라고 할 수 있을 것이다.]

스물넷이라는 나이에 초월지경에 근접해 있다면 괴물이라 하기에 충분하다.

세상에는 천재가 많이 있지만 이성민처럼 어린 나이에 초월지경에 근접한 무인은 손에 꼽을 정도다.

그 위명 높은 혈천마도 초월지경을 엿보지 못했고, 소림의 미래라는 지학도 마찬가지였다.

천재 중에서도 처절한 노력을 거친 이들만이 초절정에 입문하고 거기서 다시 수많은 벽을 넘어야만 초월지경을 엿볼 수 있다.

'10년 전에는 이렇게 될 거라고는 상상조차 못 했는데.'

10년 전. 제나비스에서 위지호연과 10년 뒤의 만남을 약속했을 때.

당시의 이성민은 10년 뒤의 자신이 어떤 모습일지 상상하지 못했었다.

아니, 그것은 거짓말이다. 어렴풋하게 상상하기는 했다.

하지만 그 상상 속의 모습에서도 이성민은 지금처럼 대단한 경지에 도달하지 못했었다.

이 정도라면 위지호연에게 가슴을 펼 수 있을까.

10년 전에 만남을 약속했던 내가, 여기까지 왔노라고 말할 수 있을까.

지금의 위지호연은 얼마나 강해져 있을까.

너는 어디까지 가 있고, 나는 어디까지 온 것일까.

그런 생각을 하니 참을 수가 없었다.

명상과 자하신공을 통해 흥분을 가라앉히려 해보았지만 그것도 잘되지 않았다.

어쩌면, 아니, 틀림없이.

위지호연도 지금 루베스에 와 있을 것이다. 이성민은 에레브리사를 사용해 위지호연의 위치를 알아보고 싶었다.

만약 위지호연이 루베스에 와 있다면 내일 정오가 되는 것을 기다릴 것도 없이 지금 당장 만나러 가고 싶었다.

하지만 그래서는 안 된다. 약속의 날은 내일이다.

10년을 기다려 왔는데 고작 하루를 기다리지 못할까.

이성민은 명상을 그만두고 방을 나왔다. 여관의 뒤뜰에는 무림인을 위한 것인지 다양한 무기가 놓여 있었다.

당연한 말이지만 날을 세운 무기는 아니었다. 이성민은 날 없는 봉을 잡았다. 일찍 자고 싶었으나 도저히 잠이 오지 않았다. 그러니 몸을 움직이고 싶었다.

구천무극창은 펼치지 않았다. 대신에 이성민은 란나찰을 비롯한, 10년 전에 위지호연에게 배웠던 기본기를 중점으로 펼쳐 보았다.

내공을 싣지 않았음에도 이성민이 잡은 봉은 매서운 소리를 내며 허공을 갈랐다.

빠르게, 느리게.

호흡을 가다듬으며 한참 동안 봉을 휘두르던 이성민이 행동을 멈추었다.

"멋지군."

누군가가 보고 있었기 때문이다. 이성민은 천천히 머리를 돌렸다. 깔끔한 차림의 남자가 뒷짐을 지고 서서 이성민을 보고 있었다.

"잠이 오지 않아 밤 산책을 나왔는데 멋진 것을 보게 되었어. 자네는 나이도 그리 많지 않아 보이는데…… 혹시 괜찮다면 이름과 별호를 알 수 있겠나?"

"……이성민이라고 합니다."

"자네가 바로 귀창이로군."

이성민의 대답에 남자가 웃음을 터뜨렸다.

"젊은 아이들 중에 창을 잘 쓰는 아이가 나타났다는 소문을 들어보았지. 설마 이렇게 만나게 될 줄은 몰랐지만 말이야."

"……어르신은 누구십니까?"

"유호정이라고 하네."

유호정이 대답했다. 어디선가 들어본 이름이었고, 조금 고민한 끝에 이성민은 탄성을 지르며 외쳤다.

"철갑신창(鐵甲神槍)!"

철갑신창 유호정이라고 한다면 에리아에서 살아가는 창수 중에서 한 손에 꼽힐 정도의 고수다.

특히 그는 묵직한 철갑을 입고 거대한 창을 휘두르는 것으로 유명한데, 그 철갑신창 유호정이 저렇게 깔끔한 모습이라고는 상상해 본 적이 없었기에 이성민은 더욱 크게 놀랐다.

"귀창에 대한 소문은 믿을 것이 못 되는군."

유호정은 벙긋거리며 웃었다.

"자네는 후기지수 수준이 아니야. 창에 관해 이미 대종사의 경지를 넘었어. 나로서도 전력을 다하여 자네와 싸운다면 승리를 장담할 수 없겠군."

"……그렇지 않습니다."

"하하하! 너무 겸손한 것도 좋지 않아. 내가 괜한 말을 하는 것은 아니니까 말이야. 자네만 괜찮다면 지금 당장 자네와 창을 겨뤄보고 싶을 정도인데…… 어떤가?"

"……죄송합니다. 내일 중요한 일이 있어서……."

"그런가? 그렇다면 어쩔 수 없군……. 아아, 혹시나 해서 묻는데. 자네는 광천마와 함께 이 여관에 투숙하고 있지?"

유호정이 대수롭지 않다는 듯 말했으나 그의 말은 이성민이 여관에 들어왔을 적부터 지켜보고 있었음을 뜻하고 있었다.

이성민은 표정을 살짝 굳히며 머리를 끄덕거렸다.

"예."

"광천마 벽원패는 위험한 인물일세. 그는 이미 여러 번의 살겁을 저질렀지. 만약 광천마가 이 도시에서도 난동을 피운다면, 이번에야말로 무림맹은 광천마를 추살하고 말 것이야."

철갑신창은 무림맹 소속이다. 이성민은 유호정의 시선을 받으며 머리를 끄덕였다.

"그런 일은 없을 겁니다."

"자네가 광천마와 동행하는 것까지 뭐라 할 수는 없겠지만…… 광천마를 너무 가까이하지는 말게. 그리고 또. 마침 무림맹이 있는 크론이 이곳에서 가까우니, 루베스에서의 볼일이 끝난다면 무림맹에 들르는 것이 어떤가?"

"예?"

“자네 정도의 고수라면 무림맹에서도 좋은 대우를 받을 수 있을 거야. 검귀를 죽인 것을 보면 자네도 사마외도를 용서하지 않는 협의지사라고 생각하는데…… 지금이야 사정이 있어서 광천마와 함께 행동하는 모양이지만.”

편의주의에 가득 찬 해석이었다.

이성민은 대충 머리를 끄덕거렸다. 유호정은 빙그레 웃으면서 이성민의 어깨를 두드렸다.

“머지않아 다시 만나게 되면 좋겠군.”

그 말을 남기고서 유호정은 먼저 들어가 버렸다.

이성민은 우두커니 서서 유호정의 말을 곱씹었다. 솔직히 말해서 이성민은 여태까지 정파나 사파 같은 것은 크게 구분하지 않으며 살아왔다.

무공을 익히기는 했지만 무공의 성질이 어찌 되었든 정파와 사파를 나누는 것은 무공이 아닌 사람이다.

애초에 무림인이 아닌 이성민에게 있어서 정파와 사파를 딱딱 구분하고 어느 한쪽에 투신하는 것은 생각할 가치가 없는 일이었다.

그리고 그것은 앞으로도 그럴 것이다. 유호정은 무림맹으로 한번 오라고 했지만 이성민은 무림맹에 갈 마음이 없었다.

그가 가야 할 곳은 무림맹이 아닌 남쪽이다.

‘정파, 협의지사라니.’

이성민은 피식 웃었다. 다른 것은 몰라도 협의지사라는 말은 자신과 도저히 어울리지 않게 느껴졌다.

이성민은 봉을 내려놓고 방으로 돌아왔다. 그는 몸을 씻고 침대에 누웠다. 유호정과의 만남은 갑작스러웠으나, 그래도 몸을 조금 움직인 탓에 개운한 마음으로 잠들 수 있을 것 같다.

'이제 곧.'

자고, 일어나면.

이성민은 천천히 눈을 감았다.

광천마는 처음 타보는 기차에 흠뻑 빠진 모양이었다.

아침이 되었을 때, 이성민은 중앙 광장으로 가겠다고 하였고 광천마는 다시 기차를 타러 가겠다고 말했다.

평소에는 이성민과 함께 다니던 루비아였지만 오늘만큼은 광천마와 함께 가기로 했다.

"좋은 시간 보내세요."

키득키득 웃던 루비아가 놀리듯 말했다. 그러고는 이성민의 대답을 기다리지 않고 광천마를 끌고서 여관을 나가 버렸다.

[너 지금 떨고 있냐?]

놀리는 것은 루비아뿐만이 아니었다. 광천마는 제대로 된 사정을 모르지만, 루비아와 허주는 이성민이 던전에서 위지호연을 만났을 때를 기억하고 있다.

이성민은 허주의 놀림을 무시했다.

하지만 떨고 있는 것은 사실이었다. 어제 잠들기 전까지만 해도 마음이 편안했는데, 위지호연과 만나기로 한 시간이 가까워지니 심장이 말을 듣지 않고 쿵쾅거리며 뛴다.

[첫사랑에 빠진 꼬마 같군!]

"그런 거 아니야."

허주의 말에 이성민은 참지 않고 주먹을 들어 마갑을 두드렸다.

쾅! 하는 소리와 함께 마갑이 떨린다. 하지만 허주는 멈추지 않고 껄껄 웃었다.

[그 계집은 너에게 있어서 동경의 대상이었지. 으레 그런 법이다. 남녀 간의 동경은 연심으로 쉽게 바뀌어버리지. 네놈도 그런 것 아니냐?]

"아니야."

[그렇다면 뭐냐. 단순한 동경이냐? 네놈 심장이 미친 듯이 뛰고 있는데. 그것도 동경 때문이냐?]

"좀 닥쳐."

[반응이 귀엽군. 아주 신선해.]

결국 참지 못한 이성민은 마갑을 벗었다. 그리고는 머뭇거림 없이 마구간으로 갔다.

수북이 쌓인 말똥 위에 마갑을 집어 던지려 하자 허주가 기겁하며 외쳤다.

[미안, 미안해! 내가 잘못했다. 더 안 그럴 테니까 하지 마!]

"한 번만 더 개소리하면 말똥에 사흘 동안 처박아 둘 테다."

[미친놈아, 그런 개짓거리를 해서 네가 무엇을 얻는단 말이냐? 어차피 이 갑옷은 네가 입는 것인데!]

"네 개소리를 듣는 것보다는 말똥 냄새 맡는 것이 나아."

[그래, 알았다. 닥치고 있을 테니까 하지 마!]

허주가 애걸복걸하는 소리를 듣고 나서야 이성민은 다시 마갑을 입었다.

남쪽에서 악몽처럼 군림했다는 대요괴인 주제에 말똥에 처박히는 것은 싫은 모양이었다.

시간을 확인한다.

10년 전에 약속했던 시간은 분수대에서의 정오다.

아직 시간은 오전 10시도 되지 않았고, 이 여관에서 광장의 분수대까지는 아무리 느긋하게 걸어도 1시간이면 도착한다.

이르기는 하지만, 이성민은 여관을 나왔다.

서두르지 않았다. 천천히 광장을 향해 걷기 시작했다.

3월의 루베스는 봄이었다.

바람은 차지 않았고, 햇살은 뜨겁지 않았다. 걷기 좋은 날이었다.

광장까지 향하는 길에는 꽃이 많이 피어 있었다. 군데군데 꽃을 파는 상인이 있었다.

꽃이라도 살까.

순간 그런 생각이 들었고, 이성민은 어이가 없어서 웃음을 내뱉었다.

꽃은 무슨.

말도 안 되는 생각이라고 고개를 흔드는 와중에도 이성민의 눈은 꽃집에서 파는 꽃다발을 보고 있었다.

이성민은 더 이상 그쪽을 보지 않고 아예 머리를 돌려 버렸다.

위지호연에게 품은 감정은 동경이다. 그리고 우정이다. 10년 전부터 그랬고, 지금도 그럴 것이다. 그 이상은 바라지 않는다. 애초에 그럴 계기라는 것도 없다.

떠나기 전에 위지호연이 장난처럼 했던 말들.

1년 전에 만났을 때 풍유환이 어쩌고 하던 말들이 머릿속에 맴돌았지만, 친구 사이에 나누는 가벼운 농담거리일 뿐이다.

과연 그럴까?

슬쩍 드는 의문은 허주의 질문이 아니었다.

미쳤군.

이성민은 헛웃음을 흘리면서 관자놀이를 꾹 눌렀다. 밤중에 꾸었던 개꿈이 떠오른다. 위지호연과 만나는 꿈. 단순히 만나기만 한 꿈이 아니다.

"주책맞게."

이성민은 자신의 뺨을 철썩 두드렸다.

생각해 보면 전생에서는 여자를 참 많이 안았다. 만난 것이 아니라 안은 것이다.

급수 낮은 용병의 푼돈을 노리는 창녀는 얼마든지 있었다. 전생과 비교하자면 지금의 이성민은 굉장히 건전한 삶을 살고 있었다.

술도 잘 안 마시고, 여자는 한 번도 안지 않았다. 딱히 그럴 욕구도 들지 않았다.

여자를 찾고자 한다면 얼마든지 찾을 수 있었다. 하지 않았다. 그럴 생각도, 욕구도 들지 않았다.

서두르지 않고 걸었으나 광장은 너무 가까웠다.

광장에는 사람이 많이 있었다. 노점이 많았고, 어린아이와 연인도 많았다. 한가로이 햇볕을 쬐는 노인도 많았다.

여유로운 일상을 즐기러 나온 이들이었고 그중에서 무복이나 갑옷을 입은 사람은 한 명도 없었다.

오직 이성민만이 갑옷을 입었다.

더 괜찮은 옷을 입을 것을 그랬나.

문득 그런 생각이 들었다.

아니, 옷이 중요한 것은 아니지.

피식 웃음이 나왔다. 오늘은 참 많이 웃는구나. 그런 생각도 했다. 의식하지 않아도 계속해서 웃음이 나온다. 걸음은 보법을 펼칠 때보다 가벼웠고, 여유를 가장한 마음은 사실 굉장히 급했다.

어쩌면 위지호연이 이미 와 있을지도 모른다. 이성민의 걸음이 빨라졌다.

만나서 무슨 이야기를 할까.

우선 인사 먼저. 그러고는 근황을 물을까. 1년 전에 만났을 때에는 너무 갑작스러워서 많은 이야기를 하지 못했다.

나를 목적으로 삼아라.

위지호연이 했던 말이다. 그 말에, 이성민은 악에 받쳐 내뱉었었다.

10년 뒤에는 네 가슴을 꿰뚫을 정도로 강해지겠노라고.

그 말에 위지호연은 웃음을 터뜨리며 친구끼리 그래서는 안 된다고 했었다.

그래, 친구다.

10년이라는 시간 동안 이성민은 위지호연의 등을 좇았다.

위지호연의 존재는 너무 멀고 너무 커서, 10년 동안 쉼 없이 달렸음에도 아직 자신이 없다.

그것조차 좋다.

위지호연이 멀면 멀수록 가까이 가기 위해 달릴 수 있다. 1년 전에는 제대로 확인하지 못했으나, 오늘은 확인할 수 있을 것이다.

내가 어디에 있는지. 그리고 위지호연은 어디에 있는지.

동등해졌을까?

바라지 않는다. 욕심이다.

'나는 너에게 부끄럽지 않게 되었을까.'

하지만 이것은 바라였고 욕심이 났다.

인정받고 싶었다. 칭찬을 듣고 싶었다. 격려를 듣고 싶었다.

위지호연은 언제나 솔직하게 말하곤 했다.

너는 재능이 없다고, 멍청하다고.

그런 말에 내심 상처를 받으면서도 인정받고자 발악했었다. 그런 위지호연이 인정해 준다면.

그것으로 끝일까?

분수대에서 투명한 물줄기가 솟구친다. 높이 솟구친 물줄기는 무지개를 만들었다.

마법인지 색소인지 모르겠지만 물줄기는 제각각 색이 달랐다. 아름다웠다.

분수대 중앙에는 많은 사람이 휴식하고 있었다.

시간은?

이성민은 머리를 돌려 시계를 찾았다. 높은 기둥에 시계가 있었다.

이제 11시. 고작해야 11시.

아직 한 시간이나 남았다. 이성민은 분수대에서 가까운 벤치에 앉았다.

두근거리는 가슴의 떨림을 즐기며 눈을 감는다.

앞으로 1시간.

위지호연이 약속을 어길 리가 없다. 1년 전에 만났을 적에도 오늘을 기약하지 않았나. 그러니 그녀는 온다. 그것에 대해 의심은 없다.

재잘거리는 소리가 바뀐다. 몇 번이나 바뀐다. 분수대는 몇 번이나 물을 뿜었다. 그럴 때마다 이성민은 머리를 돌려 시간을 확인했다.

12시가 되었을 때 이성민은 벤치에서 일어섰다. 그러고는 분수대를 빙 돌았다.

워낙 넓은 곳이니까 위지호연이 다른 곳에 있을지도 모른다고 생각했기 때문이다.

하지만 없다.

없다……. 조금 늦을 수도 있지.

당장 이성민만 하더라도 바로 어제 아슬아슬하게 도착하지 않았나.

이성민은 쉬지 않고 분수대를 돌아다니면서 시계를 흘겨보았다.

1시가 되었고, 2시가 되었다.

……날짜를 착각했나?

지나가는 사람을 붙잡고 물었다. 오늘이 대체 며칠이냐고.

"3월 14일이지요."

착각하지 않았다.

늦어지는 것일까……?

계속해서 기다리면 올 것이다. 그럼에도 알 수 없는 불안감이 마음속에 남는다.

이성민은 머뭇거리다가 네블을 불렀다.

"예."

네블이 몸을 일으켰다. 이성민은 급히 물었다.

"위지호연이 어디에 있는지 알고 싶습니다."

"잠시만 기다려 주시겠습니까?"

네블이 꾸벅 머리를 숙이고서 모습을 감추었다.

이성민은 초조하게 네블이 다시 오는 것을 기다렸다. 10분도 채 흐르지 않아 네블의 목소리가 머릿속에 울렸다.

[소천마 위지호연이라면 지금 루베스에 와 있습니다.]

"……예? 위지호연이 루베스에 있다고요? 대체 어디에 있는 겁니까?"

[그게…… 지금 남쪽 성문에서 철갑신창과 격돌하고 있습니다만.]

"뭐라고요?"

그 말을 듣고서 이성민은 자리에서 벌떡 일어섰다.

철갑신창 유호정. 바로 어젯밤에 이성민과 여관에서 만났던 인물이다. 왜 그가 위지호연과 격돌하는 건가?

[상황이 이상하군요. 소천마의 무위라면 철갑신창쯤은 손쉽게 상대할 수 있을 터인데…… 철갑신창이 소천마를 몰아붙이고 있습니다.]

말도 안 된다.

유호정이 유명한 창수라는 것은 이성민도 알았지만, 그렇다고 해서 유호정이 위지호연의 상대가 되는 것은 아니다.

대체 왜 위지호연이 유호정에게 낭패를 겪고 있는 건가?

아니, 지금은 그에 대해서 생각할 때가 아니었다. 이성민은 앞뒤 보지 않고 경공을 펼쳐 남쪽 성문으로 달려 나갔다.

"거리에서 경공은 안 됩니다!"

거리를 순찰하던 경비병들이 이성민을 향해 고함을 질렀다.

하지만 이성민은 그 말을 듣지 않았다. 중앙 광장에서 남쪽 성문까지는 거리가 멀다.

밀집된 건물과 사람이 많은 거리는 이성민이 마음 놓고 달리지 못하게 만들었다.

이성민이 멈추지 않고 계속해서 경공을 펼치자 경비병들이 호각을 불었다.

[철도로 가라.]

이성민의 으름장에 침묵하고 있던 허주가 입을 열었다.

[기차를 타는 것보다 네가 달리는 것이 빠르겠지만. 뻥 뚫린 철도 위를 달린다면 남쪽 성문까지 빠르게 갈 수 있겠지.]

허주의 조언은 이성민에게 도움이 되었다.

이성민은 가까운 기차역으로 뛰어가 철책을 넘어 철도 위로 떨어졌다. 정차되어 있던 기차가 커다란 경적을 울렸지만 이성민은 그 말을 무시했다.

멀리서 시끄러운 호각 소리가 들린다. 경비병이 내는 경고음이다.

이성민은 그것도 무시했다. 지금 이 시점에도 위지호연은 유호정에게 낭패를 겪고 있을 것이다.

위지호연에게 어떠한 문제가 생긴 것이 아니라면 그녀가 유호정 따위에게 낭패를 겪을 이유가 없다.

그러니 가야 한다.

이성민은 내공을 가득 끌어올리고 극성으로 경공을 펼쳤다.

경적과 호각 소리가 멀어진다.

이성민은 철도 위를 미친 듯이 달리면서 남쪽으로 방향을 잡았다.

이성민이 남쪽 성문 역에 도착하는 것에는 그리 오랜 시간이 걸리지 않았다.

내공을 아끼지 않고 경공을 펼쳤고, 무영탈혼이 워낙에 뛰어난 경공이기 때문에 가능했다.

이성민은 호흡도 고르지 않고 철책을 다시 뛰어넘었다.

머지않아 보이는 성문.

그 근처에 많은 사람이 모여 있었다. 저곳이다. 이성민은 눈을 번뜩거리며 그곳으로 달렸다.

"소문만큼 못하군!"

유호정이 호탕한 웃음을 터뜨리며 외쳤다. 철갑신창이라는 별호를 상징하듯이 그는 묵직하고 두꺼운 철갑옷으로 전신을 감쌌고 투구까지 썼다.

그런 유호정이 쥔 창은 시커먼 색으로 번들거리는 커다란 랜스였다.

유호정의 앞에 위지호연이 창백한 얼굴로 서 있었다.

그녀는 제대로 서지 못하여 한 손으로 무릎을 짚고 있었는데, 다리가 후들거려 당장에라도 쓰러질 것 같았다.

꽉 다문 입술에서는 시커먼 핏줄기가 흐른다. 권존에게 입은 저주는 위지호연으로 하여금 본신의 무위를 펼치지 못하게 만들고 있었다.

내공을 끌어올릴 때마다 기혈이 뒤틀리고 모은 내공이 흩어진다.

그런 상태에서는 아무리 위지호연이 초절의 고수라고 하여도 유호정을 압도하는 것은 불가능하다.

그나마 위지호연이기에 이런 몸으로 유호정을 상대하면서 버티는 것이 가능했다.

"……나를 왜 공격하는지 모르겠군. 나는 아무 사고도 저지르지 않았는데."

"호랑이가 상처를 입었다면 사냥해야지."

유호정이 답했다.

그는 위지호연이 정상적인 몸 상태가 아님을 알았다. 그렇기에 싸움을 건 것이다.

위지호연이 이 도시에서 아무런 문제도 벌이지 않았다고 하여도, 소천마 위지호연의 이름은 무림맹 내에서 크게 경계하고 있다.

죽일 수 있을 때 죽여야 한다.

이에 대해서는 무림맹에 허락을 구하지 않았다. 단순히 유호정의 독단으로 벌인 일이다.

애당초 위지호연과 유호정의 만남은 우연이었다.

크론으로 돌아가기 위해 남쪽 성문에 왔는데, 이곳에서 위지호연을 만나게 된 것뿐이다.

"정의롭지 못하군."

위지호연이 창백한 얼굴로 웃었다.

그 말에 유호정은 안면 가리개 너머에서 두 눈을 번뜩 빛냈다.

"사마외도가 정의를 말하지 마라."

"비꼬는 거야."

"그것도 이해하지 못할 천치로 보이나?"

유호정은 그렇게 말하면서 발을 들어 땅을 내리찍었다.

쿠우웅!

커다란 울림이 땅을 뒤흔들고, 위지호연은 버티지 못하고 주저앉았다. 그녀는 거친 숨을 몰아쉬면서 유호정을 노려보았다.

"내 행동이 정당하지 않다는 것은 안다. 정의롭지 않다는 것도 알고. 하지만…… 소천마 위지호연의 목숨이라면, 편협하고 비겁하게 굴어서 취해둘 가치가 있지."

유호정은 그렇게 말하며 성큼 위지호연에게 다가갔다.

"……지금이 몇 시지?"

위지호연이 물었다. 갑작스러운 질문에 유호정이 눈을 동그랗게 떴다.

"뭐라고?"

"정오는 넘었겠지?"

"뭔 멍청한 말을…… 정오는 이미 아까 지났다."

"그래?"

위지호연은 입술을 타고 흐른 피를 닦으면서 쿡쿡 웃었다.

"약속을 어겨 버렸네."

유호정은 그 한탄 섞인 말을 이해하려 들지 않았다.

to be continued